U0147289

学校教育追求

与

课堂教学改革

全国六省六校小学教育学术联盟 编

中国轻工业出版社

图书在版编目 （CIP） 数据

学校教育追求与课堂教学改革 / 全国六省六校小学教
育学术联盟编. —北京：中国轻工业出版社，2007.1
ISBN 7–5019–5630–8

Ⅰ.学... Ⅱ.全... Ⅲ.①小学—校长—学校管理
—文集②课堂教育—教学研究—小学—文集
Ⅳ.①G627.1–53②G622.421–53

中国版本图书馆 CIP 数据核字 （2006） 第 113757 号

责任编辑：李　颖　　责任终审：劳国强　　责任监印：胡　兵
图书策划：陈志平　　封面设计：李友山　　版式设计：宇诚录排

出版发行：中国轻工业出版社（北京东长安街 6 号，邮编：100740）
印　　刷：河北省高碑店市鑫昊印刷有限责任公司
经　　销：各地新华书店
版　　次：2007 年 1 月第 1 版第 1 次印刷
开　　本：787×1092　1/16　印张：13.25
字　　数：180 千字
书　　号：ISBN 7–5019–5630–8/G·662　　定价：25.00 元
读者服务部邮购热线电话：010–65241695 85111729 传真：85111730
发行电话：010–85119817 65128898　传真：85113293
网　　址：http://www.chlip.com.cn
E–mail：club@chlip.com.cn
如发现图书残缺请直接与我社读者服务部联系调换！
60901J5X101HBW

序　言

　　《学校教育追求与课堂教学改革》一书终于正式出版了，带着对这群教育者的欣赏和感动，我翻开了散发着淡淡油墨香的样稿扉页，那令人激动和兴奋的相聚时刻像画卷般在我头脑中缓缓打开……

　　百年大计，教育为本。实施素质教育，培养21世纪创新型人才是每一所学校、每一位校长和每一位教师的责任。随着新一轮课程改革的实施，新课程、新理念正以前所未有的态势震撼着现有基础教育，基础教育改革势必迎来百花齐放、百家争鸣的灿烂春天。由教育部举办的第二期全国小学校长高研班荟萃了全国小学教坛的精英，吸纳了志同道合，为教育理想而不断追求的仁人志士，本着共同追求、共同学习、共同研究、共同分享、共同发展的宗旨，全国六省六校小学教育联盟由此产生。六所学校自愿结合，形成教育联盟共同体。他们是：四川大学附属实验小学、福建省福州实验小学、吉林省长春市西五小学、广东省深圳市南山区育才一小、江苏省泰州市城东中心小学和山西省实验小学。

　　联盟秉承"学校教育追求与发展"的宗旨，开展每年一度的学术研讨会，在课程改革、师资建设、管理文化等方面加大优质教育资源的输出，交流办学经验，发挥示范作用，促进教师成长，实现人才互动，提升学校办学品质。

　　2006年，是第十一个五年规划的第一年，又恰逢山西省实验小学建校70周年，联盟的第三届学术研讨会在古老的龙城——太原隆重召开，勇于探索、精益求精的省实验人将这次研讨会办成了"交流、分享、创新、发展"的盛会，真正实现了祖国大地东西南北中不同地域、不同教育文化的漫游，教育真知与智慧的碰撞，教育成果的分享。在这次盛会上，来自天南地北、各位具有远见卓识的专家、校长、老师们欢聚一堂，怀着对教育的执著理想和追求，展示了充满真诚、真情的课堂，用热情与归真的交流互动，谱写了一曲曲教育的新篇章。《学校教育追求与课堂教学改革》一书正是收录了来自东西南北中，风格迥异的教学设计，再现了当时精彩纷呈的课堂场景；收录了来自六省六校一线教师在教育教学中积累的宝贵经验和精神财富，鲜活的素材，生动的描述，理性的思考，鲜明的见解，源于老师们在工作中的勤勉、才智和执著；书写着六位英明睿智、胆识过人的校长超前的办学理念，科学的育人思想，深厚的文化底蕴，独特的教育个性，精彩的生命历程！校长论坛的真实再现开创了校长管理的一种模式，丰富了校长管理之宝库，提升了校长管理之理念，搭建了一个学校管理者之间交流、互动、学习、分享的平台，对于推动教育思想和教育经验的交流有重要的指导意义。

成功令人喜悦，但过程更令人回味。捧读这本《学校教育追求与课堂教学改革》，会议上那令人感动和兴奋的一幕幕情景，依然清晰地留在我的脑海。我看到了六所学校对教育事业的一份特殊情怀，发自内心对教育事业的执著和热爱，他们用真情、真爱创造课堂，用真心、真诚书写广博的教育人生。在这本书的背后，我们感受到的是教育联盟共同体那心与心的交流，爱与情的倾注；感受到的是他们走在课改潮头，实现教育追求的雄心和勇气；感受到的是联盟毫无保留，倾心交流，优势互补，资源共享的真诚。

如果说是全国小学校长高研班使这六个有着共同追求的学校和校长走到了一起，并开始了他们全新的教育规划。那么，这本记录着他们成长轨迹的集子就是他们改革、创新、发展的最好见证。它就像一面镜子，品味过去，折射未来，以之鉴往，令人内心充实；以之察今，使人精神振奋。它源于实践，又高于实践；它承载着理想，又袒露着真诚；它源于六校联盟，又指引着六校不断探索，携手前行！

让我们以此书共勉，携此书同行，怀着对教育的无限赤诚和追求，期待着明年的相逢，共谱教育理想之歌！

北京师范大学教育管理学院副院长
教育部小学校长培训中心副主任　　　　　　博士

目　录

教学设计方案集

语文学科

数学学科

综合学科

全国六省六校
小学教育学术联盟
介 绍

全国六省六校小学教育学术联盟简介

　　百年大计，教育为本。培养 21 世纪创新型人才是每一所学校、每一位校长和每一位教师的责任。当前新理念、新课程正以前所未有的态势震撼着现有基础教育，基础教育势必迎来百花齐放、百家争鸣的灿烂春天。由教育部举办的第二期全国小学校长高研班荟萃了全国小学教坛的精英，吸纳了志同道合，为教育理想而不断追求的仁人志士，全国六省六校小学教育学术联盟由此而产生。

　　联盟的组织形式为民间教育学术联盟，参与学校为四川大学附属实验小学、福建省福州实验小学、吉林省长春市西五小学、广东省深圳市南山区育才一小、江苏省泰州市城东中心小学和山西省实验小学。六省六校自愿结合，形成联盟共同体。

　　联盟将秉承"学校教育追求与发展"的宗旨，在课程改革、师资建设、管理文化等方面加大优质教育资源的输出，交流办学经验，发挥示范作用，提升学校办学质量。

全国六省六校小学教育学术联盟太原宣言
(2006)

当前，我国小学教育之间的交流日益广泛，中外教育交流相互融通的范围与程度日益广泛与深刻。培养 21 世纪学生的自主意识、创造精神和实践能力，是每一所学校、每一位校长和每一位教师义不容辞的责任。由全国第二届小学骨干校长高级研修班的部分校长，共同发起组建了"全国六省六校小学教育学术联盟"。经过三年的积极运作，已经取得了可喜的成绩。为进一步提升联盟的学术内涵和发展组织功能，经六省六校校长共同商定，形成太原宣言：

一、我们努力追求小学教育的学校个性。围绕小学教育"学校"和"课堂"这个中微观层面，探索学校教育追求的形成与学校发展、学校教育追求与学校文化建设、学校教育追求与学校管理、学校教育追求与课程建构、学校教育追求与教师专业发展、学校教育追求与学生个性发展等问题，碰撞思想、探索规律、共鸣互动、共享资源与成果，力图对学校个性的形成产生积极影响，实现联盟学校教师、学生的共同发展。

二、我们立志于构建不同地区的小学教育共同体。六校自愿组成小学教育发展联合共同体，轮流承办联盟间商讨的各类活动，原则上不因为联盟成员学校的人事变动而改变联盟的性质和承担的义务。联盟学校的校长为每次活动的轮执主席，并负责相关事宜。

我们将逐步丰富和完善联盟的学术平台。

确立联盟章程、会徽及形象识别设计。

三、每年轮流举办一二次交流会，或论坛，或研讨会，或信息沟通会，或经验分享，或教科（级）组、任课教师之间的交流。包括教育管理、教学环节的全程细节的实质性研讨；包括专题研讨、对口交流、互派干部、教师异地交流、课例研讨（含多人一课、一课多上等形式），创造性地开展活动。

依托北京师范大学教育管理学院，聘请专家做学术顾问。

以开放的胸襟接纳、辐射、影响其它学术团体，联手开展活动。

3

　　四、联盟成员一致认为成员间应毫不保留地开放信息系统，并且互设为网络高级用户，实现资源共享，是促进共同发展的有效渠道。为完善联盟的组织建设，收集、整理、保存和完善会务资料，建立专门档案，记录联盟的发展史事，建立交接手续将是十分重要的，并做好此项工作。

四川大学附属实验小学	校长	余 强
福建省福州实验小学	校长	王瑞气
吉林省长春市西五小学	校长	丁国君
广东省深圳市南山区育才一小	校长	罗任重
山西省实验小学	校长	牛冬梅
江苏省泰州市城东中心小学	校长	肖六林
北京师范大学教育管理学院	副院长	陈锁明

2006 年 4 月 28 日

全国六省六校小学教育学术联盟成都宣言

百年大计，教育为本。培养 21 世纪创新型人才是我们每一所学校、每一位校长和教师的责任。当前新理念、新课程正以前所未有的态势震撼着现有基础教育，基础教育势必迎来百花齐放、百家争鸣的灿烂的春天。由教育部举办的第二期全国小学校长高研班荟萃了全国小学教坛的精英，吸纳了志同道合，为教育理想而不断追求的仁人志士，全国六省六校小学教育学术联盟由此而产生。

联盟的组织形式为民间教育学术联盟，参与学校为四川大学附属实验小学、福建省福州实验小学、吉林省长春市西五小学、广东省深圳市南山区育才一小、江苏省泰州市城东中心小学和山西省实验小学。六省六校自愿结合，形成联盟共同体。

我们将秉承"学校教育追求与发展"的宗旨，在课程改革、师资建设、管理文化等方面加大优质教育资源的输出，交流办学经验，发挥示范作用，提升学校办学质量。

我们将开展每年一度的学术研讨会，把好的经验和做法进行校际之间的交流和推广，重建教育发展理念，搭建教师成长平台，以学校的发展引领带动地区的教育发展。

我们的口号是：致力"发展"，提升学校品位；

关注"成长"，培育创新人才。

全国六省六校小学教育学术联盟

2004 年 5 月

六省六校校长简介

吉林省长春市西五小学校长丁国君

丁国君　吉林省长春市西五小学校长，当选两届南关区人大代表，2003年当选为区人大常委、区法院人民陪审员、区纪检委人民监督员。先后获全国十佳青年教师、全国骨干校长、全国语文教学研究会积极分子、吉林省科研型名校长、吉林省骨干校长、吉林省小学语文现代教育技术教学研究先进个人、南关区优秀校长、南关区巾帼岗位明星等二十多项荣誉称号，并参加了第二期全国小学校长高级研修班学习，荣获长春市"五·一"劳动奖章，享受"长春市政府特殊津贴"。

多年来，丁国君校长先后应邀到大庆、松源、南宁、东兴、桂林、深圳等地进行讲学活动，1995年被长春市教育学院聘为兼职讲师，为长春市小教大专班学员讲授《小学语文教学概论》。她注重总结经验，先后出版教育教学书籍32部，在市级以上刊物发表文章20余篇，在国家、省、市获奖论文21篇，她个人被新闻媒体专题宣传报道40余次。她大胆创新、与时俱进，率先在全国开展了"绿色教育"，使学校形成了"一个班子、三个校区、四块牌子"的多元化办学体制，并与日本、新西兰、新加坡、澳大利亚等国家学校建立了校际友好关系，把学校办得精致、办成品牌。

丁国君校长主持承担的教育部"十五"重点课题"中小幼现代科技教育"、国家级课题"写字教育"、省创新教育课题"小学生主体创新实践"、长春市教育科学"九五"规划课题"电化教育面向素质教育，减轻小学生课业负担"已圆满结题。在她的领导下，西五小学先后被评为国家教育部"十五"重点课题"中小幼现代科技教育"优秀实验校、国家中小学信息资源开发基地校、吉林省电化教育示范校、长春市信息教育先进单位、长春市校办少年宫先进单位、长春市教育教学"十五"规划素质教育科学研究基地校、英特尔未来教育先进学校、吉林省创新教育实验校、吉林省精神文明先进单位、亚洲生态少儿艺术研究培训基地、全国少先队创新杯优秀校等荣誉称号。

福建省福州实验小学校长王瑞气

　　王瑞气 福建省福州实验小学校长，毕业于福建师大中文系，历任福建省福州幼儿师范学校语文教师、教务主任、副校长，2002年底到实小任职，参加过全国幼师、中师《儿童文学》三部教材的编写，发表论文二十多篇，曾获全国曾宪梓基金会奖励。被评为高级讲师、特级教师。到实小后，提出"以创新促发展，以质量铸品牌"的办学理念和"知道能行"的新校训，组织编制学校三年发展规划，为全面提高学校办学质量做出不懈的努力。

广东省深圳市南山区育才一小校长罗任重

罗任重

1980—1984年　湖南师大历史系

1984—1987年　湖南湘潭市第三中学　期间任教导主任

1987—1991年　湖南湘潭市第四中学　副校长 校长兼书记

1991—1996年　湖南长沙湖南师范大学附中　教导副主任

1996—2003年　深圳市南山区海滨小学、松坪小学、大新小学副校长

　　　　　　　校长 兼书记

2003年至今　　深圳市南山区育才教育集团育才一小校长

　　　　　　　深圳市南山区育才教育集团常务副校长

主要业绩： 获市优秀校长，区优秀党员称号

参与主编、主编《走向新世纪》、《小学语文课本当中的综合实践活动资源包》、《求成教育育才探索》等。

教育信仰与追求：

　　　　办老百姓真正满意的学校

　　　　办学生终生难忘的学校

7

山西省实验小学校长牛冬梅

牛冬梅 本科毕业，中共党员，小学高级教师，山西省实验小学校长，中国教育学会小学教育专业委员会理事，山西省劳动模范，山西省优秀教育工作者，太原市高造诣学科带头人，曾参加过全国校长高级研修班培训。

23 年的风雨历程，执著坚定的教育信念，历练了她咬定青山不放松的品格。担任校长八年多来，她始终站在教育教学发展的前沿，不断积累办学经验，积极倡导前瞻的学校文化，提出了"让每个孩子享受优质教育"的办学宗旨和"一切为了学生，一切服务学生"的办学理念。按照学校的远景规划，实施了"教师培养梯队战略"。几年来，一批批优秀的实验教师脱颖而出，一节节精彩的教学观摩课"新鲜出炉"，这无不凝聚着她的奋斗，刻写着她的执著。她本人所撰写的论文多次被评为全国一等奖，并发表。学校先后荣获全国现代教育实验校、德育实验研究基地、省示范小学、省有特色学校、省首批德育示范学校等称号。

透过昨天奋斗的艰辛，咀嚼着特有的甘甜，如今一座九层高楼拔地而起，新的三年规划科学出台，学校向着管理更规范，教学更严谨又迈出了坚实而有力的一步。今天的省实验小学处处散发着蓬勃的生机，处处回荡着家长、社会的赞誉。而她——牛冬梅校长，却再一次把甘甜化作奋斗不息的动力，将目光再次投向远方，继续书写她平凡而又广博的人生轨迹。

用整个的心去做整个的校长。

四川大学附属实验小学校长余强

余 强 四川大学附属实验小学校长，党支部书记，全国优秀教师，成都市劳动模范，中学一级教师，中国教育学会会员，四川省管理学会小学专委秘书长，成都市义务教育示范学校评审专家组组长，武侯区人民政府教育督导。致力于把学校办成经得起品味的学校，推崇"开明、柔性"的管理，追求团队育人个性，喜欢用文化的眼光看待周边的事物。现正努力使教职工实现"在育人中生活，在生活中育人"的梦想。

江苏省泰州市城东中心小学校长肖六林

肖六林 1968 年 1 月生，汉族，中共党员，中央党校函授学院经济管理专业本科毕业、江苏教育学院教育管理专业本科毕业，中学高级教师，现任泰州市城东中心小学校长兼党总支书记，泰州市及海陵区两级人大代表。先后获得泰州市名校长、泰州市十大杰出青年、泰州市新长征突击手标兵、泰州市海陵区有突出贡献的中青年专家等荣誉称号。

1987 年 8 月参加工作，先后任扬州市解放桥小学、泰州市大浦中心小学、泰州市城东中心小学教师、大队辅导员、副校长，1997 年 4 月起任泰州市城东中心小学校长，其间 1998 年 7 月至 1999 年 6 月任泰州市九龙实验小学校长、党支部书记，2003 年 10 月兼任泰州市城东中心小学党总支书记。

任校长以来，学校先后获江苏省实验小学、江苏省第三届模范学校、江苏省文明单位、江苏省红旗大队、全国红旗大队等荣誉称号。自筹资金近 2000 万元改造两所薄弱学校，创办泰州市鼓楼路小学、泰州市艺术体操学校。

　　主持"新课程新课程背景下的教师发展实践研究"等两个省级重点科研课题的研究工作，先后在《成才导报》、《江苏教育研究》、《小学语文教学》、《泰州日报教育导刊》、《文教资料》等报刊发表十多篇论文。

教学论坛

论文集

校长论坛

追求绿色教育 构建和谐的育人体系

吉林省长春市西五小学校长 丁国君

　　教育的功能是育人，而学校是育人的场所，学校教育的根本在于把每个活泼可爱的孩子培养成未来社会需要的多元化人才。

　　多年来，我们西五小学始终遵循着素质教育的目标要求和新课程的核心理念，在改革中发展，在发展中创新，率先提出了主题鲜明且思想前卫的"绿色教育"这一全新教育理念，并以绿色教育为引领，形成了独特的德育文化体系、课堂文化体系和校园文化体系，实现了由一个校区18个教学班到三个校区49个教学班的跨越式发展，使西五小学这所百年老校焕发了勃勃生机。绿色教育是我校"以人为本"、"关注每一个孩子发展"全方位育人的创新之举，也是我校的永恒追求。

一、"关注每一个孩子发展"的理念，是绿色教育提出的基础

　　素质教育已经实施十几年，而我们的教育模式，几乎还停留在传统的传授与灌输上，全方位育人的教育功能还没有完全体现，学生的独特个性还难以发挥。除此之外，学生不说真话的现象有增无减，仁爱之心淡漠，规则意识弱化，厌学情绪更浓。广大家长也多了一份担心与忧虑：学校教育能否使孩子们得到健康、全面的发展？今天的教育结果是一代不如一代，还是一代更比一代强？《中共中央国务院关于进一步加强未成年人思想道德建设的若干意见》中明确指出："学校教育重智育轻德育，重教学轻社会实践的现象依然存在，全社会关心和支持未成年人思想道德建设的风气尚未形成……"面对教育的种种失衡问题，学校组织教师进行了深刻的思考和讨论，召开了"怎样真正减负"、"为学生设计教学"等合作论坛及专家引领活动。在这些活动中，全校教师表情沉默了，心情沉重了，感到一个严肃的课题摆在我们面前:怎样培养孩子,怎样塑造人?大家认识到,我们不能再像以往"沉重"了一会儿又轻松,"沉默"了一会儿又欢歌,我们应该把育人这份"沉甸甸"的责任担起来,成为心中永恒的分量。同时,我们也深刻地认识到西五小学是百年老校,丰富的底蕴、雄厚的师资,完全能够承担教育改革的重担,多年形成的办学特色,完全可以给学生创造自主学习、积极

创新、自主发展的空间，完全可以实现让每一个学生个性张扬和个体协调发展。基于此，我们提出了以人为本、关注每一个学生发展的"绿色教育"这一全新的教育理念。

绿色教育的提出，带给我们新的思考，赋予了学校办学思想新的内涵，我们对学校的发展目标进行了重新的定位，我们的办学理念是：关怀生命、注重发展，彰显内涵；我们的育人模式是：关爱生命质量与价值的绿色教育。

二、以人为本，追求优质，是绿色教育的核心所在

绿色教育是生命的教育，是以人为本、充满生机活力的教育，是具有可持续发展的教育。在实施绿色教育的过程中,我们把绿色管理作为主渠道，把构建绿色课堂作为突破口，处处营造自然、和谐、民主的氛围，努力达到育人的目的。绿色教育的基础是保证教育的方向性、健康性，绿色教育的关键是突出时代性、发展性，绿色教育的重点是传承文明、教书育人，把学习的主动权、发展权还给学生，真正使教育达到健康、无污染的境界。

（一）追求尊重与民主和谐的绿色管理

学校管理重在诚信，经营学校就是经营民心。在学校这个生态环境中，我们面对的是一个特别看重民主和自由的团队，管理上的尊重与民主就显得尤为重要。

为了更好地实施绿色教育，我校实施了内部管理体制改革，实行了教师岗位聘任制，打破了"干多干少一个样"的局面，最大限度地调动了教职员工的积极性，实现了"多劳多得"，并通过建立校务公开制度，设立校长信箱、开设校长热线电话等，制定教师合理化建议奖励条例，加强了学校—家长—社会之间的沟通。同时，我们也通过教代会，广泛征求教师意见，认真面对教师的提案，进行解答，并成立了学校发展智囊团，实现学校的人文化管理。

为了进一步深化教学改革，学校提出了以人为本、制度先行的治校方针，建立了民主管理体制，使学校教师逐步达到自我管理、自我约束。经过两年多教育管理的实践和探索，现在我校三个校区，都达到了管理规范化。学校秩序井然，卫生清洁，教师上课、备课、科研、教改已经达到制度化、规范化，领导在校与不在校一个样，有人查岗和无人查岗一个样，形成了民主化的管理氛围。在绿色教育实施过程中，学生的自主意识也增强了，主人翁责任感增强了。学校取消了大扫除，楼内楼外的卫生状况早晨和晚上一样，周一和周末一样，平时和双休日一样，学生主动清扫，班主任自觉管理。

(二) 追求"无声教育"的绿色德育

在绿色教育理念的引领下，学校提出了"全面育人、无声育人、以身育人"的德育目标，不断加强德育工作管理，倡导在完成教学任务的过程中实施育人，育人的过程中养成良好的行为习惯，从而达到德育为首、教学为主、育人为本。

为此，我们提出以和谐为核心，逐步形成"幼儿校区和谐活泼、低年级校区和谐规范、高年级校区和谐自主"的办学特色，让"无声教育"落到每一个校区中。

1. 以《小学生日常行为规范》为依据，重视学生道德品质和良好行为习惯的养成，培养学生的绿色意识

每周一的升旗仪式，我们都确定不同的教育主题，升旗班级由每周的文明班级产生，并在全校范围内开展了"创建绿色班级"活动，使每个班级都形成了自己的育人特色。学校还通过"我长大了"、"我在绿色教育中成长"等主题鲜明的班队会，让学生真正受到了教育。少先队大队部向全校同学发出了"绿色倡议"，各班同学针对倡议做出了"绿色承诺"。绿色使学校绿地、植物带成为学生心中的最爱；绿色承诺使学生的环保意识变成了自觉行动，弯弯腰、捡捡纸在我校已经成为了学生的自觉行为。同时，我们还指导每个班级形成自己的班训、班风，让"无声教育"在孩子心中生根发芽。

绿色德育在学生身上也体现了自我管理、自我约束，如2005年9月，我校在吉大体育场召开秋季运动会，运动会后运动场没有杂物、纸屑，运动场附近的居民十分惊喜，纷纷给报社打电话反映情况，长春日报以"千人运动场，散后一片绿"为题进行了宣传报道。同时我们也注重通过文化熏陶实施"无声教育"。我校先后组织了《我在国旗下成长》读书系列活动、《我与古诗牵手》赛诗会等活动，每天早晨、中午安排学生读好书、诵诗词，使每个班级形成了自己的特色，更为学生奠定了坚实的文化底蕴。

2. 以《公民道德建设实施纲要》为准则，加强和落实未成年人思想道德建设，引导学生树立正确的荣辱观

在构建绿色德育的过程中，我们深切地感受到要切实加强未成年人思想道德建设，首先要从培养学生的良好感情入手，从基础抓起，为此我校提出了绿色德育的"1361工程"——"我爱我家"主题系列活动。通过"我

爱我家"系列活动，让每个孩子都能用丰厚的情感爱祖国、爱人民、爱世界上美好的一切。让每个孩子都能明白"爱"的真正意义，为家辛劳、为家奉献、为家争荣，乃至为家献身。让我们的孩子从小爱父母、爱老师、爱同学、爱学校、爱身边的人，从爱小家到爱大家，长大后爱祖国，成为祖国需要的人。在活动中，我们通过进行调查问卷、召开主题班队会、开展学生、家长及教师的合作论坛和走进社区的大讨论等，让学生在实践中体验和加深对"家"的情感，从而树立正确的荣辱观、世界观和人生观。

3. 树立绿色心灵的理念，增强绿色教育的科学性

在绿色文化创建中，我们坚持以人为本，开辟了三条"绿色通道"。第一条通道：开通了"校长信箱"、"知心朋友信箱"，架起了沟通的桥梁。第二条通道：建立了贫困学生基金会，使贫困学生感受到了绿色的关怀。第三条通道：以家长学校为依托，实现家校共建。通过家长学校这个纽带，使学校教育向家庭教育延伸，相互渗透，建立起学校、家庭、社会三位一体的教育网络，促进了学校的全方位发展。

（三）追求可持续发展的绿色课堂

绿色教育是尊重人、感染人的教育，是寓教育于教育之中的教育。我们在实施绿色教育的过程中，努力创设科学、民主、和谐的绿色课堂，让学生学会学习、乐于学习，能创造性地学习，使教学过程成为师生的一段生命历程，一种切身的体验和深刻的感悟，并将各项德育目标和任务贯穿于学科教学之中，始终坚持"以科学的方法培养人，以人文的精神塑造人，以绿色的环境熏陶人"，真正实现全方位育人。

为了提高教师的综合素质，我们加强了"五个管理"，实现了"五个飞跃"，即加强骨干教师管理，实现专业引领的飞跃；加强教学尝试管理，实现同伴互助的飞跃；加强积累学习管理，实现校本案例研究的飞跃；加强教师培训管理，实现自我反思的飞跃；加强教师行为管理，实现自我约束的飞跃。正是因为有了这些切实可行的管理与培训，才促进了教师的发展与提高，形成了"4691-111"工程的人才梯队，建立了一支科研型的骨干教师队伍。

为了进一步提高教师的科研水平，学校为教师搭建了走出去的平台，本着"培训是最大的福利"的理念，调动教师的积极性，陆续派出三批教师赴北京名校培训，还有很多教师赴济南、福州、杭州、天津等地学习、讲课，这样的培训对老师来讲是最好的奖励，这样的学习更使一大批教师受益匪浅，这样的做法，实现了学校"打造名师队伍，快速提升教师素质"

的目标。

我们还通过教育教学研究会开展了丰富的校本教研活动,不定期的学科研讨、教师的合作论坛、教育叙事研究等,促进了教师专业品质的提升,并通过专家引领促进教师的专业化发展。学校先后聘请全国特级教师吴正宪、省教育科学院教授宋海英、长春市教科所所长柏云霞等专家来校开展专家引领活动。在教与学方面我们实施了"三个研究":信息教育选修与选授的研究、体音美分层教学的研究和生活性学习课程的研究,实行教师挂牌上课,学生自由选择,将发展的自主权与选择权交给学生,为学生的个性发展提供广阔的空间。

"四项突破"实现了小学阶段开设选修课程的突破、实现了信息技术与学科教学整合的突破、实现了课内学习与课外活动衔接的突破、实现了课堂学习与生活实践相融合的突破。

(四)追求内涵丰富的绿色文化

学校文化是一个学校的灵魂,是一种引领,虽不一定都看得见、摸得着,但学校的学风、教风、校风的积淀正是在这种引领下逐步形成的。让学生举目所及、举足所进的不仅是知识的殿堂,更是美的熏陶和艺术的享受。在校园文化建设上,我们注重有形文化建设和无形文化建设,从而达到育人环境优质化。在有形文化建设上,我们注重美化、净化、香化、雅化。校园环境温馨雅致,整洁一新,绿树参天,鲜花锦簇,彩绘的围墙让人赏心悦目。在无形文化建设上,我们更注重人文性、实效性。徘徊于西五小学,你会被这里散发的文化气息所包裹,被厚重的文化底蕴所感染。学校教师用自己的巧手为孩子们精心设计了一面面会说话的墙壁,营造了一片健康的绿色成长氛围。几年来的探索与实践,让我们深刻感受到绿色教育真正体现了教育的本质,促进了每个孩子的发展,促进了学校办学品质的提升。

2005年11月16日"长春市实施绿色教育,构建和谐的育人体系课题现场研讨会"在我校隆重召开,会上我校的16位教师与三位教育专家进行了合作交流,并进行了精彩的队会展示,长春市教育局周国韬副局长作了重要的讲话。

经历了两年多的探索与实践,绿色教育的理念从思想上到行动中都带给我们很多收获,也让我们产生了深深地思考:①绿色教育能否为学校德育开辟更好的途径,在加强未成年人思想道德建设方面发挥更大的作用;

②如何让绿色教育更好地促进师生的成长，充分体现育人的功能和作用，体现教育的有效性……这些，还有待于我们的深入研究和探索。

面对过去，我们感受到收获的喜悦；面对未来，我们更感受到希望无限。记得一位哲人曾经说过，如果你想很快看到遍地绿色，你就种草；如果你想储备栋梁之材，你就种树。我们选择了种树，因为我们知道绿色教育的形成真的非一日之功，也远非一蹴而就，它还需要真功实效，根深叶茂。给孩子一片洁净的教育天空，让孩子能享受到清新的绿色教育，将是我们西五人永恒的教育追求。

重角色转换　促专业发展

江苏省泰州市城东中心小学校长兼党总支书记　肖六林

（原发表于《江苏教育研究》　2005年第5期）

在新课程改革的背景下，如何促进教师的专业发展，是我们务必重视而又要认真探索的新课题。我们以省重点课题《新课程背景下教师发展实践研究》的实施为抓手，聚焦教师角色转换和专业发展，认真开展研究，使教师的角色转换和专业发展互为因果，共生并进，不断开创学校师资队伍建设的新局面。

一、在观念更新上下功夫

不断更新教育观念，用素质教育的观念来理解、指导课改，是迎接新课程改革新挑战的前提。

观念的更新源自对新课程理念的深入学习。多年来，我校新课程理念的学习一直贯穿于课题研究的全过程，学校全力营造了学习新课程的氛围，连续三年利用暑假邀请省、市、区专家及我省课改先行实验区教育研究专家，对教师进行全员培训。三年来，先后派出近百人次教师外出学习，使教师准确把握新课程的内涵，明确新课程背景下教师角色转换，专业发展的必要性、迫切性。

通过学习，教师们明确了新课改要求教师从"经验型＋知识搬运工型"向"研究型＋学者型＋教育专家型"转变，新课程的实施使教师绝不仅仅是传统意义上"传道、授业、解惑"这种知识的传授者，灌输者，而应是引导学生主动参与教学的组织者，学生成长的帮助者，学生利用课程资源的引导者，学生知识建构和个性发展的促进者，教育研究者。观念的更新，使教师对自己在整个课改的地位和作用有了新的定位，深刻认识到教师不仅是新课程的实施者、利用者，更是鉴别者、开放者、积累者、发挥者。

新课程实施最终要靠教师。教师必须自觉认清，在新课改背景下，教师的角色要转换，专业要发展。教师专业化后，其角色转换是当今教育改革的焦点之一，时代呼唤教师角色的转换与专业发展，教师只有实现角色转换，促进专业发展，才能适应时代的要求。

我们在观念更新上下功夫，最为主要的是让教师在新课程理念指引下，树立起新学生观、教材观、课堂教学活动观。让教师在自己的课改实践中始终把学生看成知识的建构者，是自主的学习者，把教材看作引导学生认知发展、生活学习、人格建构的一种范例与中介，要用教材去教，课堂应是师生开展多种活动，从而建构知识探究真理，发展能力陶冶情操的地方，教学应是学生知识自主建构的过程，也应是师生平等对话、交流合作的过程，在课堂教学上教师应是适宜的点拨者，亲切的慰藉者，无私的协助者和诚挚的合作者。

正是由于教师观念的不断更新，我校教师的角色转换、专业发展具备了坚实的思想基础。

二、在团队建设上做文章

要真正让教师在新课程理念指引下，实现角色转换，促进专业发展，学校必须在教师学习型团队建设方面做足、做好文章。

我们努力在全校范围内，为教师学习型组织的建设营造民主开放和谐的团队氛围，学校从 2004 年春对一、三、五年级实施均衡分班，对全校的教学资源均衡配置，让教师在同一起跑线上公平竞争，实行效绩一体的考核，中层干部也均衡配置到各年级组担当学习型组织的领头雁，对教师的专业发展实行面对面的指导，切实加强教师间的交流与共享，鼓励教师建立起平等的对话模式，提供对话的机会，大幅度提高团队学习效率和创造力，通过群体思想的碰撞，促进教师个体原有认识上的超越。

我们十分重视"书香校园"的构建，把指导团队学习，构建学习网络作为学习型组织建设的关键环节抓实抓细，我们大力倡导教师认真读书，潜心与大师对话，要求教师制定读书行动计划，引导教师系统地阅读优秀教育文献，每学期至少读一本指定的教育名著，撰写一定数量的读书笔记，让教师用新的视角和思维方式来审视和反思自己的教育行为，使教师"学然后知不足"，从而按新课改的需要对自己的学识、品格、教学艺术及全面素质提出全新的要求，自觉地补足综合知识，关注前沿知识，鼓励教师善于获取和吸收有益的信息和知识，加工整合为适合自身发展需要的资源，通过网络建设，让教师在教育网站上追踪教育热点，探索教育规律，开启心智，修正偏见，激发灵感，越来越多的教师通过"教育在线"跟帖、发帖、书写自己的成长档案，借助网络，及时"充电"成为教师的自觉需求。

在学习型团队建设中，我们还着力搞好校本培训，这种培训始终立足于教师的本职、本岗和教育教学的实际需要，既能满足其专业发展的个性需求，又能满足教育教学过程中教师群体的共性需求。我们因人制宜地开展教师继续教育，对教师实施分类导引，突出青年教师、骨干教师的培训，借助发展性培训机制，鼓励教师自我超越，我校大专以上学历教师已占总数的85%，在校本培训中我们还主动接受泰州师专对教师继续教育的专业引领，切实加强了与省内外一流名校的教育教学交流，让教师从名校名师的教学示范中得到"经验的分享"。学校还通过示范引领和效绩评优让教师不断校准自己的发展方向。整个校本培训讲究针对性、实效性，注重结合课改的最新发展，选取鲜活的案例进行培训。

三、在校本教研上作努力

校本教研是教师提高自身素质及专业化水平的有效途径，我们努力通过校本教研来转变教师的教学理念和行为。促进教师的角色转换和专业发展。是我们校本教研的出发点和归宿。

在校本教研上我们主要抓了自我反思、同伴合作、专业引领三个方面，让教师自觉地将反思体现在教育教学的始终，不断强化反思意识，知晓反思内容，掌握反思策略，通过典型剖析，样板指导及对照借鉴，促使教师自我诘难，纠偏改错，在系统理论学习的基础上，让教师以反思促进自己课堂角色的转变。教研组活动加强同伴合作和专业引领。合作型教研、联片教研、实践型教研、反思型教研等被广泛采用。集体备课中，强调集中集体智慧，共同攻克难关，增加同事之间的交流和思维碰撞的机会，实现资源共享。在专业引领方面，除与泰州师专建立紧密的教科研联系，被选定为该校的课改实验基地外，还聘请多名教育专家来校面对面地指导教师的教育科研。在外籍教师所教的英语课上，总有青年教师随堂观摩。

在校本教研中，我们努力倡导教师按课堂角色转换的要求，钻研课程标准和教材，研究课堂教学进程，搞好专题研究。在教学方法上重视"设疑"与"质疑"的整合，思维方式上讲究"收敛"与"发散"的整合。重视发展学生的多元智能，促进学生学习方式的根本转变，使学生真正实现"自主、合作、探究"学习。

我们定期举办课改汇报课，课改比赛说课论文评比，典型案例分析，反思日记、教育叙事的交流。上述活动要求教师人人参与、平等对待，共同实践新课程理念，体验新课改的精神。如今，带着研究的心情去理解教材，带着发现的惊喜去上课，带着关爱的心走近学生，蹲下身子与学生对话，已是大多教师的新风貌。

实践证明，校本教研是推进新课改，促进教师角色转换和专业发展的必经之路。我们在校本教研上所作的努力，已有了丰厚的回报。教师的教科研意识普遍增强，并取得了喜人的教科研成果。教师的专业素养有了明显的提升，不少教师脱颖而出，师资队伍建设日见成效。

四、在行动研究中求实效

为了有效地促进教师的角色转换和专业发展，在课题研究的实施中，我们要求教师从自己的工作实践中选择研究课题，将实际工作科研化，从而构建起学校的课题网络。积极开展"以提高行动质量，解决实际问题为首要目标"的行动研究。在行动研究中，教师们以对自己从事的实际工作进行持续反思为基本手段，以教育教学实践中的问题作为研究的出发点，主动积极地参与课题研究。

我们有针对性地加强教师的相关的专题理论学习。通过开设讲座、研讨交流，不断提高认识，切实解决实际问题。教师们通过反思对自身的教育实践活动及其潜在的教育观念重新认识，有效地转变教育观念。

现在越来越多的教师能在理论指导下行动，在行动中验证理论，在行动后反思升华。行动研究解决问题及应用即时性的特点已被教师充分认识。

教师们围绕学校总课题，根据自己的兴趣、特长、精心选择自己的研究课题和研究方向，把教学活动当成是一个连续的教学科研理论研究和实践探索过程。坚持在教学研究中开展教学，在教学中开展教学研究，使"教学研究"融为一体。

在行动研究中，我们十分重视教师的团队合作。学校在充分征询教师意见的基础上，对课题研究实验合理分工，强调整体运作，集中群体智慧探索并解决问题。使教师能人尽其才，才尽其用。让理论见长者，为实践理论支撑寻求依据；勤于实践者，通过教育行动进行求证，确保行动研究的实效。使整个课题方案能在过程中生成，在动态中拟定，在研究中更新。始终围绕教师角色的转换和专业发展，不断地细化、深化、调整。教师们可以使自己的研究进程，能从课改的实际情境出发，并根据实际情境的需要不断修正，让行动建立在合理的基础上，真正按课改精神实现应有的角色转换，促进专业的发展。

在课题实施的行动研究中，我们注重寻求强有力的专业支持。省、市、区教研室，省教育科学研究院的领导、专家多次应邀来校对课题的运作进行指导。泰州师专科研处、基础教育研究所的专家全程参与我们的课题研究，对课题研究的目标、内容、方法进行面对面的辅导，为行动研究的科学合理提供了强有力的理论保证，智力支撑。

《新课程背景下教师发展实践研究》的实施，对我校教师学习型组织的建设和校本教研的开展是有力的助推。教师们在课题实施的行动研究中，一直把课改的深化和自身角色转换、专业发展紧密结合在一起，学校的课程改革由此得以顺利开展，学校师资队伍建设更加充满生机和活力。

儿童学习生活教育的文化理解

四川大学附属实验小学校长　余 强

时下使用频率最多的名词是"文化"。不管我们使用"文化"的频率如何，也不管我们对它的解释是否确切，在哪里都能找到与文化联系较为密切的实质性理解，尤其是一些能长久的、触及人的生命意义和生活质量的描述和追求。于是学校、学校教育、学校教育的特色风貌等用文化的视角来理解、诠释、建构，就成了我们对教育理解和追求的主流方式。

一、儿童学习生活教育的理念文化

在近几十年的教育改革中，不管是建国初期的以培养什么样的人为目标的改革，八十年代所进行的课堂教学方法的改革，九十年代学校教育的整体改革，以及二十一世纪在反思和借鉴中外教育改革史的基础上所进行的课程改革，这些改革都从不同的侧面突显出"教育中的人"、"人的发展环境"、"人的成长规律"和"育人文化"的本质意义。面对教育被功利主义异化得面目全非的时候，我们大声地疾呼教育要回归自然；面对教育在方法的改革中出现困境的时候，我们在深刻的反思中开展教育思想大讨论；在整体改革的成果中，我们开始新一轮的课程改革；面对知识、技能在儿童全面发展中缺失的时候，我们开始了对儿童情感、态度、价值观和过程、方法的关注与整合；当我们陶醉在文明继承中呈现出系统成果而危机悄悄地到来的时候，以儿童直接经验为主的生活实践课程也在悄悄地崛起，并与生活化的分科课程在资源上走向互助……学校的教育理解出现"两个回归"。即"学校教育回归到以学生为中心的各种教育力量的发展上来；学校教育活动全面回归到满足学生现实生活需求为出发点，进而满足学生未来生活质量的需求做准备上来。"我们的教育目标就有新的意义，即是"培养具有鲜明个性，并能创造和享受文明生活的新生代"。

教育的"两个回归"和教育目标表述中有几个关键词，"学生"、"群体"、"回归"、"生活"、"个性"、"文明"、"质量"、"发展"，"个性、学生、群体"是对人或教育中的人（学生）不同侧面的表述，而"生活、文明、质量、发展"是以生活为核心的社会属性品质的描述，"回归"则是儿童与学习生活质量提高的过程环节的"教育"所出现的偏差的价值与行为判断。于是在东西方教育逐步走向融合的时期，我们必须在认识、思想层面，也就是教育行为的稳定的前期或行为的高层就必须较为充分地、理性地、哲学地回答：什么是儿童？什么是生活？什么是学习？什么是教育？并且将"儿童、生活、学习、教育"作为一个相互之间不可分割的有机整体进行回答和持续不断地发展性回答，并把这种回答的思想、认识、表述、形成信念的过程，变成以儿童为核心的各种教育力量进化的过程，反应认识内涵不断发掘与丰富的过程，通俗易懂的语言行为方式产生并产生感召力的过程，儿童的学习生活教育的理念文化就在这一过程中培养。

二、儿童学习生活内容的文化

儿童是生活着走进教育的，他们在教育中将度过漫长的学习生涯，然后才自主自信地走向生活，成为独立生活的个体。在这一生命的全部过程中，学习成了生命进化不可缺少的重要组成部分，并伴随这一全部过程。儿童的学习生活目标是模糊的和不具体的，往往是根据自己生活的需求和社会生活环境的引导来实现的。这就需要我们用文化的眼光来承载并将其放入其中，于是在研究中，我们提炼和归纳出了儿童学习生活和未来生活需要的主要内容：因为生活需要平等与关怀，儿童就要学会自由与民主的信念；因为生活需要面对具体的、真实的现实，儿童就要学会体验与实践，以帮助他们做好应付学校以外的世界的准备，做好自己做出选择的准备和做好独立运用自己智慧的准备；因为生活需要向上的主流，儿童就要学会坚强乐观、挑战自我、追求美好的品质；因为生活需要互助、认同、依赖和平衡，儿童就要学会善良、包容、合作、尊重他人的品德；生活需要不断更新的知识、技术和能力，儿童就需要乐于学习、善于学习、终身学习；生活需要浪漫与诗意，教育要让儿童的情感世界保持丰富多彩和细腻多姿。儿童的学习生活内容是一座富矿也是一座宝藏，在这主要的内容下面还有很多需要不断地发现、挖掘、整理、收藏和运用，其中也不乏儿童学习生活内容在儿童面前的呈现方式和方法。如儿童是在具体的情景中生活的，应运而生的是情景教学；儿童是在积极的情感互动中生活的，于是就有了情知教学；儿童是在玩耍和自由的选择中学习的，游戏教学就成了一种选择；儿童是在不知不觉的模仿中生活的，构成能暗示的教育环境是教育中的追求；儿童是在好奇与梦想中成长出理想的，探究式的教学就成为一种必然；儿童是在自发的同伴群体交往与互助中生活的，师与生的合作学习与合作教学成为新课改中的重要方式；儿童是在手脑并用的现实中生存的，综合的、体验的和实践的教学法将"教、学、做"合一。这种内容和方式的同步建构，没有用文化作为工具和文化建设作为目标，就只能是随意、阶段和活动式的，不能成为儿童学习生活教育的文化。

三、儿童学习生活的行为文化

在儿童学习生活文化的建构中，各种教育力量的文化建构的集中表现是教师。儿童是能动的资源主体，教师群体的、具有生活教育主流价值取向的行为方式就成为儿童学习生活文化的关键因素。

教师具有的主流教育价值取向的行为文化，首先要使教师建构喜欢学习、善于学习和享受有品位的学习生活的心智模式，这种心智模式要变成教师的精神需求，而进行自主和与环境互动的建构，就需要一个自我判断、审视、评估的标准，并进行持续不断的暗示。我们提出了学习型教师对"新观念、新思想的宽容与接纳程度，新知识、新信息的敏感程度，优秀书籍的珍惜、推崇和珍藏意识，优秀文明成果的评价、占有和分享程度"的自我评价量标，也是教师正式和非正式群体的组织评价量标。通过不断的评价、反馈和交流促进学习意识的增强，变成一种意识状态。

教师的职业在课程，课程的核心是课堂。教师的主流生活教育价值的行为文化是建立在课程开发能力和课堂行为方式上的。在教师职业活动可能的空间里和时间里，都把生活化课程的"六个"特质，即"设计了适合儿童的学习生活目标，创设了引发儿童学习激情的学习生活情景，调动了儿童已有的生活学习经验，运用了儿童生活学习的逻辑，生成了儿童新的学习生活经验和儿童体验了学习生活中的生命状态"贯穿其中，进行学校教育行为的公共价值要求，持之以恒，不断总结求新。在不断的探索，成果沉淀中成为教师生活教育的行为方式，逐步进化为一种生活方式，再创建为学校的制度体系（即《教师职业生活行为指南》），形成教师的行为文化。

儿童学习生活的教育文化是一个不断建构和发展过程，其核心是生活教育的价值观，其载体是师生教育的学习生活内容和方法，其表现形式和社会影响是师生的学习和教育生活方式（即行为方式），三者不可缺失，相辅相成，并且永无穷期。因为生活永远都在向上向前。

努力践行求成教育

广东省深圳市南山区育才一小　罗任重

一、一个课题

育才集团成立后，提出了办学口号："不求人人成为精英，但求人人走向成功"，就是让学生和老师都能在一定程度上取得进步，获得不同程度的成功，都能以成功者的心态走向社会。育才一小根据这一理念，确立了一个学校科研课题并命名为"求成教育"，就是取其中的两个字，力求人人走向成功。

"求"在《现代汉语词典》里含义有这样几个：请求；要求；追求、探求、寻求；需求；姓。在《辞海》里有这样几个意思：探询、寻取。

"成"在《现代汉语词典》里含义有这样几个：完成、成功；成全；成为、变成；成功；成就；生物生长到定形的阶段；已定的、定形的、现成的；表示达到了一个单位；表示答应许可；表示有能力。在《辞海》里有这样几个意思：完功、成就；成为、变成；具备；成熟、已成。

因此，"求"是一种行为，也是一个过程，"成"是一种结果，也是一个过程。即师生追求成功的成长历程。

当代成就动机理论、多元智力理论、青少年发展理论等都为求成教育提供了理论基础。通过分析与讨论，我们认为求成教育的内涵包括以下方面：一是求成功能的激发，即想求成；二是求成道路的开辟，即善求成；三是求成标准的提升，即长求成，这包括反思与总结等，形成长效机制。

求成教育首先是赏识教育。根据多元智能理论，教师相信每一位学生都是有能力的人，乐于挖掘每一位学生的优势潜能，并给予充分的肯定和欣赏，树立学生的自尊和自信。

求成教育是个体化的教育。教师变得更为主动、自觉地为每一位学生设计"因材施教"的方法，以配合其智力组合的特点，促进其优势才能的展示和发展，实现个人价值。

求成教育是主动发展的教育。教师帮助学生发现和建立其智力优势领域和弱势领域之间的联系，以此为切入点，引导学生有意识地将其从事优

26

势领域活动时所表现出来的智力特点和意志品质迁移到弱势领域中去。

求成教育是全面发展的教育。全面发展不等于全优发展。全面发展表示着我们的教育关注学生的各个方面，力求做到个人发展与社会责任和谐统一，开放意识与民族精神和谐统一，科学素养与人文素养和谐统一，智慧能力与身心健康和谐统一。

求成教育是个性化的教育。多样化意味着丰富，差异性蕴含着财富。我们提出的口号是：是小草你就装饰大地，是花儿你就自由开放，是大树你就成为栋梁。只要你能找到属于自己的舞台，你就可以精彩地上演自己的美丽。

求成教育是一种终身教育。当学生在学校养成了乐学、勤学的习惯，获得了自主学习、自主建构的能力，就意味着他开始拥有自我教育、自我选择的能力，就已经初步具备终身学习的能力。这些足以为学生的未来幸福人生奠基。

二、注重两个层面

从教育教学的整体着眼，我们经过反复研究、讨论，把求成教育的内容确定在两个方面：

①教师成长：注重教师的未来发展、个人价值、伦理价值和专业价值，使全体教师拥有学力、能力，凭着努力，形成自我魅力。

②学生成长：尽可能地尊重、肯定每一个学生，为他们的成长提供心理关爱，以增强他们的学习力，让他们拥有二十一世纪的多个证书：入门证——身心健康，身份证——人文修养，通行证——科学技术，立德做人，立志做事，促进他们健康地可持续发展，以求每个孩子通向成功。

三、注重三个策略与方法

管理是一种文化，它能为学校可持续发展提供动力和引力，带来活力与魅力。

求成教育管理是崇尚科学与人文融合的现代学校管理。这种管理既要建章立制，又要给教师人文关怀；既要提高教师的专业化程度，提升教师的教育品位，又要把学校建设成精神乐园。

求成教育所崇尚的成功，强调学生、教师、学校的共同成功。以师生为本，以师生的发展为本，把师生看作完整的生命体，尊重他们的内心需求。通过唤起需要、欲望、激活行为动力，用目标引导行为，通过公平、适度、适时的奖酬保持行为，让师生为自己的成功奋斗，让师生内心固有的追求幸福的动力帮助学校形成秩序。使"人人成功、个个成人"不仅成为教育手段，更成为教育追求的目标。

求成教育的管理还崇尚"和谐环境"。和谐的育人环境是现代学校管理追求的目标，也是成功实施素质教育的条件。

（一）营造促进学生成功的教育环境

从班级管理、课堂管理的角度来看，"以人为本"就是"学生第一"。学生们"乐学"和"勤学"是学风的人文性光芒。

1. 让学生成为他应该成为的那个人

爱默生曾说："愿望就是寻求表达的可能性。"

多元智能理论认为，不同的人有不同的智能结构，求成教育就是要在教育过程中寻找最适合学生的成功之路，用一种"无为在行，有为在心"的态度对待学生的成长，将良好习惯的养成与儿童独特潜能的开发相结合。创设各种情境，给每个学生发现自己和表达自己的机会，给每个学生体验生活和展示自我的舞台，不因为读书而使学生失去快乐的童年；不因为考试而使学生丢掉学习的兴趣；更不因为升学而使学生丧失生活的能力与情趣。"让孩子快乐地成为他自己"。

2. 提高学生学校生活质量

创设人文化的教育环境、民主化的管理氛围、个性化的发展空间，实施学生自主管理工程，提高学生对学校生活的满意度；

创设生动有趣的学习情境，引入生活世界的真实问题，激活学生原有的经验积累，发散学生的求异思维，构建共生性、有效性、生成性、自然性、发展性的生态课堂，建立学生、教师、教学内容三者之间的和谐关系，提高学生学业活动兴趣和参与程度；

建构"鱼水般"的师生关系，即师生在教学中能合作对话、在伦理上能彼此尊重、在情感上能理解信任、在班级管理上能民主互尊，提高师生关系的融洽程度。

（二）营造促进教师成功的教育环境

从学校管理的角度来看，"以人为本"就是"教师第一"。教师们"勤教"和"乐教"是教风的人文性本色。

没有教师质量的提升，就很难有教育质量的提高；没有教师的主动发展，就很难有学生的主动发展；没有教师的教育创造，就很难有学生的创造精神。

1．提高教师的工作质量，增加教育教学工作的科学含量

尊重教师的发展权。提高教师的工作质量首先得提高教师自身的专业发展水平，学校要尊重教师的发展权。我们的策略是：理念先行，愿景共建，制度支持，行动跟进，平台构筑。

给教师一定的专业自主权，给教师一定的自主空间和时间，为其提供相对宽松的工作环境，防止教师异化成"工作机器"。

构建学习型组织。学习型组织的共识：本领才是身价，学习便是最好的福利。学习型组织的特点：在工作中学习，在学习中工作；向工作过程学习，向问题学习，向案例学习，向事故学习，向他人学习；团队学习，学习成果共享。建立民主、开放、和谐的团队氛围，是学习型组织建设的基本前提。与管理者之间鼓励平等对话，强调积极参与；在同事之间强调团队意识，在合作与互助中倡导教师自主发展，建立横向平级分享与交流改善教师人际沟通的理念与技能。将学校的办学理念转化为全校教职员工的共识，是学习型组织建设的必要条件。通过各种学习、研讨，鼓励教师尽可能把校长提出的理念转变为自己的认识。以行动研究的方法，引导教师将学校的各种理念转化并落实到自己的教育教学等工作实践中。在实践的基础上，对学校办学理念提出修改意见，并转化成为行动计划，在创造性的实践和共同参与的智慧中获得生长、发展。指导团队学习，构建学习网络，是学习型组织建设的关键环节。构建发展性培训机制，鼓励自我超越，是学习型组织建设的核心目标。

2．提高教师生活质量，增加教育教学工作的快乐含量

注重校园优美的自然环境、自由的学术环境和和谐的人文氛围的建设，倡导绿色人际关系，营造充满人文关怀的"求成"文化。

关照教师的生活需求，解除教师的后顾之忧。

3．提升教师生命质量，增加教育教学工作的人文含量

学习型组织建设的根本追求就是关注教师的生命价值和职业价值的内在统一。

教师工作：不仅是职业，也不仅是事业，更是生命的历程；不仅是付出，不仅是奉献，同时也是在获取：获取自身的成长，获取成功的愉悦，获取生命的价值，获取人生的快乐。

校本师德的培训感悟教育的崇高。

多彩沙龙的开办感受教育的丰富。

求成教育里的成功教师标杆要素为：学生满意、家长放心、同行佩服、

社会认可、生活幸福。

（三）营造促使学校成功的教育环境

求成教育管理倡导"效能式"校本管理，以营造学校整体成功的教育环境。

校本管理，顾名思义就是以校为本的管理。指学校的管理工作是根据学校本身的特征和需要而制定的，所以学校的成员（包括校长、教师、学生、家长等）有相当大的自主权和责任承担，为了学校的长远发展，他们运用资源解决面对的问题及进行有效的教学活动。可见校本管理具有以下两个特征：其一，学校是主要的决策单位；其二，决策由有关成员合作，共同作出。而"效能式"校本管理即指利用有限的管理资源，获得最大的管理效能，其实质在于激发师生的潜能，最大限度地发挥人的主观能动性，使以人为核心的各类教育资源都得到最优配置，进而获得最佳的管理效益。

制定相应激励机制。

围绕"十大校园文化建设"（各具特色的班级文化、温馨雅致的走廊文化、形式多样的墙壁文化、内容丰富的板报文化、规范有效的制度文化、积淀深厚的校史文化、多姿多彩的活动文化、基于信仰的教师文化、开放创生的课程文化、求真平实的管理文化。）我们确定了如下管理策略与方法：

1．三个策略

① 教学管理策略（学校发展的生命线）。

② 教科研管理策略（学校发展的水平线）。

③ 引进经营管理策略，盘活"四源——师源、生源、财源和信息源"（学校发展的保障线）。

2．三个方法

方法一：对话管理——整合多方面资源。

校级领导与中层干部的对话：校级领导出思想、出思路，定政策、定规范，学校中层要有措施、有落实，并通过政策和规范来组织和调度各种资源实现发展目标。开展行政例会制。

中层干部与普通教师的对话：对教师要善于开展务实的、精细化的管理，形成配套的工作措施，推进正确理念和正确政策的有效落实。开展班主任例会制、年级组会谈制。

教师与教师之间的对话：开展师徒结对、集体备课、科组活动、副班主任制度。

普通教师与学生的对话：开展导师制、大手牵小手活动、知心信箱。

教师与家长的全面对话：开展家校协同两地书、家校点点通、校园网、班级网页、家长学校、家长委员会。

构建"合作式"学校、家庭、社区互动沟通机制：家长委员会、校外辅导员、家长开放日、校长接待日。

方法二：标杆管理——打造标志性形象。

标杆管理是 20 世纪 90 年代以来国际企业最流行、最有影响力的管理方法之一，其重要功能就是通过树立"标杆"、对比"标杆"来促进组织的学习、克服组织的不足，使组织成为学习性组织。

学生标杆：育才之星、洁白鸽、礼貌熊、守纪雁、小歌星、小舞星、小乐星、小笑星

班级标杆：太阳班级、星级中队、特色中队标杆

教师标杆：育才园丁奖、课改积极分子、优秀班主任

课程标杆：经典诗文诵读、东方文化探寻系列、生活数学、做中学、编织、版画

科组标杆：合作团队、文明号科组

活动标杆：语文综合实践活动、数学超市、数学日记、篮球 NBA 活动、日常英语、小足球训练

方法三：项目管理——培养合作化团队。

项目管理强调包括项目设计、启动、实施、评价等全过程的职权明晰。项目负责人全面负责，再通过授权，使每一个参加项目的成员在规定范围内获得权力，承担责任。项目管理为每个人提供了全面的发展机会。

课题项目：跨越式教学实践、基于尊重与平等的小班化教育实践、心理阳光工程等。

培训项目：现代教育技术培训、心理健康教育培训、新课改培训、新任教师岗位培训、教师继续教育培训、青年教师基本功培训、校本课程开发培训。

校节项目：英语节、艺术节、体育节、科技节。

竞技项目：优质课、示范课、研究课活动、演讲比赛、技能展示。

评价项目：小学生综合素质学分制评价制度、学生乐考尝试、教师考核细则、岗位津贴实施方案。

怡情项目：教师趣味运动会、读书沙龙、健身活动、教师乐队、青春

歌会等。

3．坚持四个结合，实现教育形式的多样性

① 对学生的教育和对家长的培训相结合。

家长是孩子学习和生活的第一任老师，家庭是孩子成长过程中的终身学校，家庭教育是学校教育和社会教育的基础和纽带。对家长进行培训，是提高家长的家教水平，营造良好的教育环境的重要途径。我们编制了中、小、幼衔接教材，每学期都要聘请一些知名专家对家长进行培训。

② 文化浸润与日常管理相结合。

我们对学生行为习惯培养的理念是：依托校园文化，在文化熏陶中促进学生成长，规范学生行为，使育才一小的学生个个养成做人（学会做人，有爱心）、做事（学会做事，守规则）、学习（学会学习，能创新）的好习惯。

措施是：编写目标儿歌，促进学生成长；"师长"做好榜样，在潜移默化中促进学生成长；培养学生责任心，在反复教导中促进学生成长；实施素质教育，在综合素质评价中促进学生成长。

目前，我们正在对照《育才一小学生校内日常行为规范》和《育才一小学生校外日常行为规范》，《日行一善》文明储蓄银行，实施小学生社会行为训练。

③ 实践与反思相结合。

从"工匠型教师"转化为"专家型教师"，在先进的教育理论指导下，借助行动研究，不断地对自己的教育实践进行反思，积极探索与解决实践中的问题，努力提升教育实践的合理性，使自己逐渐成长为专家型教师。要求青年教师写"教学案例"、"教学随笔"和"教学后记"，改进教学，提高教育质量，促进学生的学习和发展，探究和解决教育实践中的问题，促进自身素质的提高和专业水平的不断成熟。

④ 校内与校外交流相结合。

在创建"学习型学校"活动中，将管理和学习相结合。开展别开生面的"软管理"活动，将学校教育哲学和理念无形而有机地渗透。如青年教师拜师会、教师论坛、青年教师多彩沙龙、教研沙龙、规范与创新教育沙龙、教师专业发展沙龙、班主任班级文化交流活动等。

4．围绕五个目标，促进学校发展

开展求成教育的目的是为了促进学生、老师、学校的共同发展。所以，学校的中心工作都围绕以下五个目标来进行：即：①培养有灵魂、有头脑、有专长，能够创造幸福生活和服务社会的人。②创造适合学生的教育。③提高师生的校园生活质量。④建设和谐校园、阳光校园。⑤提高学生、家长和社会的满意度，提升学校的品牌。把学校办成老百姓信赖的学校、学生终身难忘的学校和素质教育的典范学校。

提升管理品质　推进素质教育

福建省福州实验小学　王瑞气

我想从办学深层化、管理人本化，定位科学化三个方面来介绍一下学校的一些工作。

一、确立新理念，办学深层化 【重点讲四个字：发展创新】

2003 年提出"以创新促发展，以质量铸品牌"的办学思想

（一）发展——校长、教师与学生

1．发展校长集体的领导力

①认识自己，发展自己 【本职、熟悉程度、换位思想与发展能力】。

要具备统领全局，站在山顶看问题的全局观念，今年 2 月两位校长轮岗。轮岗后，视野更开阔了，对学校工作较全面的了解，使各部门的协作更融洽了。

②学习的领头人 【市、省、国家的培训（新理念从学习中来）】。

为了班子全面素质的提高，三位校长积极参加各种培训，更新理念，如王校长参加了全国小学骨干校长高级研修班的学习，两位副校长参加省级小学骨干校长培训，通过学习，提高政治理论业务理论水平。

③工作的探索者 【享受文明的校园】。

上任以来注重工作方式、方法、内容上的创新，特别注重在办学理念、规范管理及学校发展等方面，做了大量工作，让全体师生认识到我们每天所做的一切，让全体师生享受校园文明的成果。三位校长主持三个科研课题。

2．教师素质的整体优化

学校管理强调"以师为本"，是学校的灵魂、核心。

【（文化——文明，学历，培养，培训）师德为首、师能为高、师魂为上

（教师精神）】

①提高教师的文化素质：学校教职员工 84 人，其中在职特级教师 3 人，中学高级教师 6 人，小高 40 人，大专以上学历占 85%，本科毕业 33%，在读本科 21 人，两年后将达 55%，北师大硕士研究生毕业 1 人，在读教育研究生研修班 9 人，培养省级学科带头人 9 人，相当一个地区的总量。学校还开展了面向全体教师的寒暑假读书活动，要求教师每个假期读 100 元的书，仅 2004 年暑假，全校有 70 位教师读了约 400 本专业书籍，每人都写了读书笔记。这一系列的举措就在学校形成了全员学习、终身学习、自觉学习的良好风尚。

②强化教师文明素质：

△师德为重：（教师不可缺德）

学校在 2003 年开展"福州实验小学师德建设年"活动，开展"高尚师德"大讨论、开展"进家庭、进社区"家访活动，在师生、家长中开展《我最喜爱的老师》评比活动、《教师忌言忌行》征集活动，制定有关规章制度，规范教师管理，树立典型，提高了广大教师师德水平和教书育人的责任感，加强了师德建设的社会监督、树立了新时期实小教师的良好形象。

△师能为高：（教师不可无能）

学校坚持对教职工进行各种形式的科学文化知识和业务技能培训，2002 年以来，全体教师都参加了省级新课程通识培训、学科培训和教材培训。其中 60%以上的老师参加了省一级培训学习。

在各种场合表现展示各项大型的接待、开课。

△师魂为上：（教师不能没有精神）

向全体教师提出发扬"五气"的教师精神，"正气"（德高），"志气"（不甘落后），"朝气"（心理年龄），"才气"（学习研究），"锐气"（进取创新）。

3．学生素质的整体提高

学校教育"以生为本"，是办学的目标、归宿。

研究学生 【心理、文明、习惯（言行）环境】；

沟通学生 【平视学生，蹲下来说话】；

贴近学生 【思想、生活、学习三贴近】；

训练学生 【文明素质的强化训练】。

△ 校训知·道·能·行：

上任以来，结合课改新理念，及新的教育方针，形成了新的校训：让学生做到"知·道·能·行"，（知道·能行），（知道能行）。

知：掌握知识，发展智力；

道：崇尚人道，学会做人；

能：提高能力，发展体能；

行：加强实践，学会做事。

培养学生懂得凡事通过努力都能做到，不断增强自信心，能以健康的心态面对任何挑战。

（二）创新——学校、课堂与家庭

1．办学创新

①开门办学【社会、家庭】。

吸纳各界的力量，借力推动学校的发展：社会参与，如与东街派出所、消防支队共建，开辟绿色通道，学生和学校安全保障，为师生保驾护航，成立家长委员会、家长学校，共谋学校发展。

②开放教育【家长与社会】。

△对家长开放：每学期的家长开放日、每周一、周五家校沟通日

△对社会开放，对同行开放：接待省、全国的教改研讨会，接待新加坡、澳门、德国交流访问团及各级校长、教师培训班。

③开发资源【网络、支持八一希望小学】。

2．课堂创新

①教学课堂【主渠道】。

一至三年级已全部采用新课程北师大教材，四年级采用人教版新教材。北师大教材实验进入第三年，教师一致认为北师大版的教材总体上思想新，站的高度与其它版本不同，具有挑战性。这就要求用教材的人水平高，要花时间研究，对教师是提高的过程，教师要开发教材，设计作业。目前也得到家长的赞同。

②活动课堂【早会、队会、大小活动】。

注重早会、队会、大小活动创新，如近三年开展的"爱祖国古诗词吟诵会"，"手拉手话小康""迎奥运60米长卷""119消防演练"、"弘扬培育民族精神"系列活动、"一言一行见公德，我做合格小公民"活动，得到省市领导的赞扬，多家媒体报道，社会反响良好。

③社会课堂【实践、社区、扶贫助困】。

让学生提前进入社会参加各种社会实践，帮穷助困，捐献灾区，仅2004年冬，我校师生就向印度洋海啸灾区捐款53289元，受到福建省红十

字会的表扬。为加强城乡小学教育的合作与交流，提高农村小学的办学水平，今年我们还与平潭县八一希望小学结成"手拉手"兄弟学校，在教育教学方面给予鼎力支持和帮助。

这些活动不仅丰富了学生的校园生活，也较好培养了学生的人道主义精神和公民意识。锻炼了素质，让学生获得帮助别人，提高自己，快乐自己的爱心体验。

3．家教创新（架构桥梁）【提倡做文明好家长——树立科学育儿思想】

问题学生的根源在家庭，学校采取各种方法，通过各种渠道帮助家长提高家教水平。

重新认识子女 【知起点，实事求是，面对现实，看重孩子的优点进步】；

人才观的确立 【与应试教育的区别，好学生的重新定位】；

育人观的更新 【教育理念和方法的更新】。

家长会、家长学校印发学习资料，提高家长会的质量，家校沟通日等帮助家长学习如何与学校站在同一起跑线上教育子女。得到家长对学校教育的理解和配合。

二、把握新方向，管理人本化 【也讲四个字：文化、和谐】

（一）校园文化的价值取向

学校的品位要通过校园文化的推进，体现学校办学理念方向。

1．制度文化的建立 【依法治校、依法治教，体现人文精神】

2．环境文化的创建

软环境——隐形 【师生活动组织——大型与小型相结合】；

硬环境——显形 【环境布置、排设、空间利用、设备品位】。

（二）和谐教育的深层思考

根据十六大提出的创建和谐社会的精神，2005 年学校与江苏、四川、福建、山西、深圳、吉林等省市的六所名校在我校举办"构建和谐教育，创新课堂文化"教学研讨会和教育论坛，共开 18 节公开课，讨论 6 个论题，编辑论文集、教案集各一本。这次活动由省教育厅发文各地市，共有专家、教师 300 多人来校观摩，研讨会发挥了良好的示范和辐射作用，受到领导和各地教师的好评。

1．学生自身的和谐 【本能化、能力与发展应成正效应】

与家教有关，例：学生双休日，课余辅导六项，只喜欢二项，这种家长单方面加重负担，孩子与家长的要求不一致，扭曲发展就是不和谐。学校就重在这方面对家长进行指导。又例：实小作业量适当，讲究质量，不做过多的无效的重复劳动，课内外达到和谐。

2．教师自身的和谐 【同上，但要有强化性的特点】

如教师身心发展和谐，学校工青妇组织有益教师身心发展的各项活动，开辟教工俱乐部，"燕前堂"为教职工提供体闲娱乐、放松身心的场所。

3．家长自身的和谐 【文化、经济、家长文明素质】家长学校

4．家长与孩子的和谐

学校向家长提出三个淡化，三个强调：

①淡化家庭贫富，强调学生平等。家庭的平等、合作，融入沟通，再穷不能穷教育，再富不能富孩子。

②淡化学生分数，强调学生品质。

③淡化随意评价，强调家校合作。

5．构建立体循环的和谐教育模式

【生生、师师、师生、家校】

三、构建新坐标，定位科学化【也讲四个字："空间"与"品牌"坐标】

（一）空间坐标

融入福州　　辐射福建　　跨入全国　　走向世界

1．融入福州

参加区、市的各项活动，也向福州开放。

2．辐射福建

每年向全省至少开放一次。如：

2002 年的新课程、新理念、新教法教学研讨会、2003 年的"新课程伴我成长"教学研讨会、2004 年的新课程改革家长开放周等，都取得很好的社会效益。

3．跨入全国

近二年有 30 多位教师参加了全国的交流培训活动。

今年，学校又联络江苏、四川、山西、深圳、吉林等省市的六所名校在我校举办"构建和谐教育，创新课堂文化"教学研讨会和教育论坛，与许多省市的同行加强交流。

4．走向世界

作为我省对外开放的窗口，我校每年都要接待来自世界各地的参观访问团，仅去年一年，就有 6 个国家和地区的参观团访问我校。我们也努力利用这个有利时机开展国际间的教育教学交流活动，4 月 19 日，澳门中小学体育教师代表团到我校，观摩了王强老师上的体育课相互交流体育教学与科研的经验，还与我校教师进行了一场篮球友谊赛。6 月 19 日，菲律宾教育参观团与我校语文教研组老师座谈，就"如何提高学生对语文学习的兴趣"的问题进行了深入的探讨。10 月 2 日，德国学生文化交流访问团到我校参观访问。我校在"燕前堂"组织了独唱、古筝独奏、钢琴合奏等精彩的学生节目，与他们进行艺术交流。学生的出色表现受到德国师生的赞赏。

这些活动不仅增进了我校与不同国家（地区）的教育教学与艺术交流，也增进了各国少年儿童之间的友谊。

（二）品牌坐标

1．平安教育【安全科，软件】

学校社会治安综合治理措施落实，治安防范网络健全。

2．温暖教育【校长→教师→家长→学生】

人文关怀，建立家校沟通日、校长信箱、知心小屋，对有困难的教职工慰问、补助，午餐，午休等。

3．优质教育【处理好质量与品牌关系，也就是说质量的内涵即素质的内涵】

如刚上任原四（3）班家长集体向班子提意见，两年后请校长任课，自发答谢，并探讨如何配合做得更好，学校对该班在各方面给予关注，成为进步班。

4．阳光教育【校务公开、民主办学，使老师信任学校积极参与学校的

发展】

5．素质教育【是党中央国务院的决策，是国家发展的方略。素质教育要全面推进，但要从小抓起，因此，小学教育的素质教育就显得更重要。我们试图在探索一条符合校情又能产生积极效应的教育途径。上面介绍的是一种思考与认识，是一种实践与摸索。我们想通过评估来寻找不足，为更好更快地提高素质教育水平，使我校的办学水平更进一步。】

深入开展校本研修 促进教师专业成长

山西省实验小学校长 牛冬梅

山西省实验小学是有着 70 年光辉历史和优秀文化的传统学校。半个多世纪的建校史积淀了学校深厚的文化底蕴，形成了扎实、严谨的良好教风和学风，培养了一批批优秀的教师群体。学校 130 名教师中，有太原市教学能手 36 名，山西省教学能手 17 名，省、市学科带头人 11 名，获得市级以上荣誉称号的教师占到了 70%，王丽民、刘秀珍、李晓春、吴梅香先后被评为省特级教师，带动、引领着一大批优秀中青年教师茁壮成长。

建设一支高质量的教师队伍，是学校发展的根本大计。新课程背景下，教师的专业素质能否不断提升，新课程理念能否不断转化为教师的教学行为，成为学校教师队伍发展的新课题。2004 年，学校制定了"学校三年发展规划"，明确地提出了学校发展的远景和近期目标。规划的实施，是一个系统工程，需要多方面的努力。其中，建设一支数量足、质量高、结构合理的教师队伍是学校发展的关键，是实现学校发展规划的基础和保证。为此，我校制定了"培养名师工程"，策划了详细可行的发展策略，把加强教师队伍建设，作为实现规划目标的主要措施和提升学校办学水平的突破口。

为了全面实施"培养名师工程"，促进教师的专业成长，学校结合实际采取了多种措施。其中，以校本研修为主要着力点。

所谓"研"就是教学研究，"修"就是教师的进修。校本研修，主要是指以校为本的各种教研、科研和进修培训，是校本教研的拓展与延伸，是提升教师素质，促进教师向专家型迈进的有效途径。

结合近几年学校校本研修工作实际，从以下几方面谈谈我们的做法与体会：

一、组织教师制定个人专业发展规划

教师制定个人专业发展规划，是开展校本研修的前提。教师的提高如果只有学校的积极性，没有教师自己主动发展的主观能动性，则学校教师队伍建设的目标是不可能实现的。那么，如何调动教师的积极性呢？马斯洛需要层次论指出，自我实现需要是人的最高需要，能够最大限度地调动人的积极性。因此，教师制定个人发展计划，是调动教师主动发展的积极性，实现学校发展，提高办学水平的基本保证。对教师个人来说，则是在人才竞争日趋激烈的形势下，稳操胜券的有力保证；是把握自己的命运，实现人生价值的有效途径。

教师制定的个人发展规划，首先要从专业知识、专业能力和专业情意等几方面对自己的专业素质结构认真分析。其次还要分析自己所处的发展阶段。相关的研究指出，教师的成长过程，可以分为适应期、成长期、成熟期、高原期或探索期、创造期等五个阶段。根据这一理论，结合我校实际，按照教师成长的过程，我们把教师分为三个梯队，即：奋发向上型、榜样示范型，理论研究型。教师则根据上述发展阶段的理论，对自己目前的状况有一个准确的定位，明确自己是属于何种层次、何种发展阶段的教师。再次，教师制定个人专业发展规划，要明确个人专业发展的目标，精心策划专业发展措施。为了帮助教师制定好个人发展规划，学校请专家进行了理论培训，组织大家学习相关文献，使之领会精神，明确意义，认真进行自我反思。在大家写出个人发展规划以后，又组织审议，提出修改意见，保证了规划的质量。与此同时，学校还指导教师建立了"个人成长档案袋"。它是教师工作过程的积累，是不断反思进步的见证。我校 40 岁以下的青年教师全部有个人成长档案袋。档案袋中，有自己的个人发展规划，有教师撰写的论文、反思材料，所获荣誉的见证等等。可以说一本成长档案是教师发现自我、把握自我、超越自我的真实再现。

二、倡导教师个人的实践反思

教师个人的实践反思，又称个体反思。是校本研修的实践基础。每位教师以自己的教育实践（也包括周围发生的教育现象）为研究对象，从中发现问题；以学习为前提，形成理性认识；以写作为载体，改进自己的工作，是具有探索过程的科研行为。教师借助于个体反思，使自己的实践经验持续不断地得到总结与升华，从而有效地丰富和积累实践知识，逐渐成为具有自觉改进意识和自我提高能力的研究型教师。

我校大力提倡教师进行个体反思，提出明确的要求：①结合课堂教学，每节课后要有简要教后反思，记录下这节课的得与失，精彩与亮点，以及改进的措施等，还特别要求教师，写下自己的理性思考。②结合教育教学实际，每周一篇反思性的案例分析、随笔或教育叙事。这是较高质量的故事情节式的反思，每月上交学校一份自己最满意的反思成果。③每月一次沙龙论坛，谈谈自己最有收获、最满意的教后记、教育随笔、教育叙事、教育案例分析。④一学期或一个学年，学校将优秀的个人反思成果汇集成册（现已出版 2 册，约 40 多万字）。近两年来，学校教师写出大量的各类反思笔记 2000 余篇。老师们由开始的被动要求逐步走向主动，由不习惯逐渐成为习惯，不再把它当成负担，而是把写反思笔记当成一件快乐的事情。年轻人按要求写，老教师主动地写。课堂上一个个精彩的片段，课内外一桩桩难忘的事情，自己的每一点感想，都成了老师们写作的素材，像一个个精彩的镜头，写在他们的笔下，留在他们的心中。一位中年教师在听了著名特级教师靳家彦的课以后，写下题为《长大后我为什么没有成了你?》的反思笔记，叙述了她听讲之后的感想，反思自己的教学行为和思想观念，寻找与大师的差距，情真意切，感慨万千，道出了自己"长大后为什么没有成了你"的深刻思考。

三、开展教师的集体研讨

集体研讨也称同伴互助，是校本研修的主要形式，更是校本研修的标志和灵魂。教师之间要建立积极的伙伴关系，形成宽松的环境和开放的氛围，教师们互相关爱，互相帮助，互相切磋，交流沟通，协调合作，共同分享成功的经验。这样，学校不仅成为学生成长的场所，更是教师成就事业的精神家园。

集体研讨在我校可谓形式多样，异彩纷呈。学校搭建了多种多样的平台：如"课后聊天平台"，老师们会把一个课堂的精彩片断，一个教育小故事，或是一些教学中的遗憾当成了课后聊天的内容；"沙龙论坛平台"，每周围绕一个主题进行研讨交流，开阔视野，拓宽思路；"集体备课平台"，每周固定时间，集体备课研讨，定出计划内容，有落实，有检查。此外，还有"师徒结对平台"，"竞争赛讲平台"，"和谐团队评比平台"等，都是根据学校实际，为老师们集体研讨，创设和谐的氛围所采取的相应措施。

在众多的集体研讨平台中，以课例为载体的集体研讨已成为我校校本研修的核心内容。课例研讨即以一个个实际的课堂教学为例的研究。这种研讨不是一般的听课、评课，也不是通常的教学观摩，它有如下特点：一是有明确的研究主题，二是有实实在在的专业引领，三是有连续的行为跟进，其过程一般分六个步骤：①提炼问题；②合作设计；③教师上课；④反思研讨；⑤再次上课；⑥再次反思。我们把它归纳为"一个主题、两次上课、三次反思"。从 2004 年起，我校系统地开展了这种研讨活动，取得了明显的效果。每学期，我们会采取不同的组织形式，进行主题式的课例研讨活动。如：单人跟进课，平行研究课（一课多人讲），教研组的特色课，都采取了这种"一、二、三"的课例研讨模式。例："小学教学中合作学习策略的研究"是我校所承担的国家级实验课题。围绕这一课题，我们把集体研讨的主题确定为"课堂中合作学习方法的研究"，并将此课题降低标准，成为一种教育行动的课题研究，并围绕这一课题，开展"一、二、三"的课例研讨活动。这样，把深奥的科研课题变成了一种教学常态下的集体研讨。像这样的课例研讨，在学校每学期校级的进行两次，教研组每月进行一次，它已成为一种常规的学校教研活动。今年，我们又将优秀的课例研讨案例汇编成册，呈现给大家，反映出了集体研讨这种校本研修形式在我校的具体实践。

我们还将这一活动形式推广到我们的校际科研课题组，让更多的学校参与课例研讨活动，分享我们的成果。

四、主动争取专业引领

多种形式的专业引领，是我校校本研修的另一重要举措。专业引领即先进的教育理论对学校教师研究的引导。它是校本教研向纵深发展的关键。其实质是理论对实践的指导。校本研究不是学校的"闭门造车"，不是脱离专业力量的各自为战。在当前的信息时代，一个人如果没有理论指导，他的个体反思就具有盲目性；同伴之间的集体研讨，如果完全靠自己的力量来解决问题，往往造成低水平重复。因此，专业引领是提升校本研究水平的关键因素。

我校专业引领一般分为四个层次：

1. 省市专业人员的引领

我们聘请了以原太原市教育学院院长梁靖云教授为组长的五名专家作我们的专家指导组。这些专家有在教育战线奋斗了几十年的老教授，也有师范学院的青年专家。他们至少每月到校两次，深入课堂，听课研讨。不论大雪纷飞,还是酷暑盛夏,这些年迈的、年轻的专家都会如期而至。两年来他们到校三十余次，听课100多节,和教师成了无话不说的好朋友。大家都亲切地称他们老师、朋友、长辈。梁院长还被我校评为"2004年校园最感动的人物"。就是这样一支专家队伍，为我们指导、引领、总结、提高，对我校两年来的校本研修，起到了积极的作用。

2. 本土专家的引领

这里主要指学校的专家队伍，即三个梯队中的第一梯队。其中，有特级教师，有省、市学科带头人。这些本土专家有丰富的小学教育教学经验，他们与教师朝夕相处，情同手足，共同参与集体备课，共同参与听课、评课，随时随地提要求、作指导，深受广大教师欢迎。

3．省外专家的引领

每学期学校外请国内的知名专家来校举办讲座、做示范课，著名特级教师靳家彦、徐长青，北师大裴娣娜等几位知名教授都曾来校做过报告。

4．读书活动

以"营造书香校园，追求和谐发展"为主题的读书系列活动，渗透在学校的教育教学中。专家组专家每学期给教师推荐 3—4 种相关书目和文章，教师们写下读书笔记，并且进行交流。学校也根据教师的学科特点，为他们推荐、选购了朱永新的《新教育之梦》、窦桂梅的《梳理课堂》及《新课标解读》等书。

教师除了要争取各种向专家学习的机会外，还要主动拜师，积极参加各种观摩教学，向同行学习；尤其要提倡教师养成网络查询的习惯，以此来开阔教师眼界，丰富教师的文化修养，提高教师的教育理论水平，帮助教师学会理性思考问题。

校本研修工作的扎实推进，所带来的是教师队伍的迅速成长。教师通过校本研修，提升品质，促进了专业成长；学校通过校本研修，提高了质量，提升了办学水平。仅 2005 年，我校就有 6 名教师被评为省教学能手，3 名教师被评为省、市学科带头人，更多的教师则是学会了反思，撰写了大量的案例、随笔、论文。60 人次教师的论文获各级奖励。作为第一梯队的赵红霞老师代表华北地区参加了全国课堂教学观摩讲课，《鸟岛》一课被评为全国课堂教学改革优质课。有 3 名教师由第二梯队升到第一梯队，有 6 名教师由第三梯队进入第二梯队，第三梯队的更多教师已频频在区级获奖，正在跃跃欲试向第二梯队迈进。通过校本研修，我们看到的是学校浓郁的学习研究氛围、和谐的团队精神和凝聚力，看到的是教师的迅速成长的脚步，看到的是新课程带来的新的方法和手段在课堂教学中的灵活运用。这些，就是我校深入开展校本研修，促进教师专业成长的真实写照。

教师论坛

构建充满活力的数学课堂

广东省深圳市南山区育才一小　王海玲

《数学课程标准》指出："动手实践、自主探索与合作交流是学生学习数学的重要方式……数学学习活动应当是一个生动活泼的，主动和富有个性的过程。"由于数学课程内容是现实的，并且"过程"成为了课程内容的一部分，因此新课程本身就要求有意义的，与之匹配的学习方式。数学的学习方式不能是单一的、枯燥的，以被动听讲为主的方式，它应该是一个充满生命力的过程，那我们教师应当怎样做才能让数学课堂真正地活起来呢？在此，我通过几年来的课改实践谈谈自己的肤浅看法。

一、把握特点、活用教材，使课堂充满活力

数学教学是活动的教学，它存在着数学家、教者和学者的三种思维活动。成功的数学教学就是要实现这三者思维活动的和谐与统一。数学家的思维活动一般存在于教材之中，新教材面向不同地域文化背景和不同程度知识背景的学生。而编者的思维与学生的思维水平存在着一定程度的质的差异。如果教师在教学时，单纯以教材为依据照本宣科地教学往往会远离学生的生活经验。所以，在教学中，我们应在掌握教材精神的基础上，根据学生的实际情况，灵活地运用教材，选择好的教法，以使自己的教学更符合实际情况。例如在教学《比较高矮》时，为了让学生感受到数学的乐趣，体验到成功的快感，有的老师没有按书中提供的材料去设计，而是把学生分成 10 组，到操场上去比一比。比什么，怎么比不限（有的组比高矮、轻重；有的组比大小，长短；有的组比胖瘦、多少等）。让学生从生活经验、背景出发，这样结合具体场景，不但使学生理解了高矮、轻重，还理解了相关的知识，在比的实践中获取比较的方法，体会相对性，回到课堂，再进行组织交流，效果是很好的。又如：教学《小猫吃鱼》一课的"试一试"时，首先让学生"动"起来，"活"起来，充分感受"掷圆圈"和"吹泡泡"的可能性与不确定性；其次设计了一组练习题：笑笑共掷了（　）个，套住了（　）个，用加法表示是（　）+（　）=（　），用减法表示是（　　）－（　　）＝（　　）；最后还让学生大胆地猜测、想象，进行开放式的练习。这样，学生既学到了知识，又学得轻松自由。教材"活"起来，使课堂也"活"起来。

二、再现生活、密切联系，感受学数学的乐趣

记得在我校以前做过这样的一个调查。你认为最枯燥的学科是什么？答案是数学；你认为最难学的学科是什么？是数学；你认为最令你头痛的学科是什么？答案也是数学；令你最讨厌的学科是什么？答案还是数学。为什么数学在学生的眼中，总是板着面孔、高深莫测呢？著名数学家华罗庚一针见血地分析道："人们对数学产生枯燥无味、神秘难懂的印象，原因之一是数学教学脱离实际。"针对此种现象，新修订的《数学课程标准》就提出在数学教学中应联系学生的生活进行数学教学的思想。提出要学习有用数学的理论。《新课程标准》指出："数学教学必须从学生熟悉的生活情景和感兴趣的事物出发，为他们提供观察和操作的机会。"强化了数学教学的生活性、实用性，体现"数学源于生活，寓于生活，用于生活"的思想。在小学阶段，从学生生活实际出发，把教材内容与生活实际有机结合起来，特别符合小学生的认知特点。能使他们体会到数学就在身边，领悟到数学的魅力，感受到数学的乐趣。基于以上认识，在教学中我们力求联系生活进行教学，让学生联系生活学数学，结合多年教学经验，从中悟到、总结出三种联系生活学数学的方法。

（一）联系"生活实际"学习数学

生活是知识的源泉；数学源于生活，也必须根植于生活。教师在教学时应根据数学的这一特点，引导学生从生活出发，从平时看得见，摸得着的具体事物出发来学习和掌握数学。如我在教学体积单位时，讲1立方厘米、1立方分米、1立方米究竟有多大？先让学生伸出食指，指出1立方厘米有如食指第一个指节大小；然后拿出一个粉笔盒告诉学生1立方分米有如粉笔盒大小。1立方米这个空间概念有多大呢？上课时我让全班学生每8人为一学习小组。每组发三根米尺，让学生用米尺在墙角围一个边长为1米的正方体。于是学生明白棱长1米的正方体体积就是1立方米。为了让学生实际体会1立方米的空间到底有多大，我让学生分组钻进这1立方米的空间里，亲身感受1立方米的空间大小。当学生一个一个都挤进去时，他们既高兴，又惊讶。原来，1立方米的空间这么大，能挤进这样多的同学。这样，在同学们既兴奋又惊奇的目光中，我们完成了对1立方米这个体积单位的认识。

（二）捕捉"生活素材"学习数学

教师在教学中要善于捕捉"生活素材"，采撷生活中的数学实例，为课堂教学服务。特别应善于把教材中缺少生活气息的题材改编为让学生感兴趣、活生生的题目，从而使学生积极主动地投入到学习数学的活动中，使学生真切感受到生活中到处有数学，数学与"生活"同在。如我在教学"简单的数据整理"这节课时，我就带着学生到校外人和大桥路口，让学生在 5 分钟内数出来往的小轿车、大货车、长安车、摩托车的数量；再回到教室分组讨论出收集数据的最佳方法。这样既实际了解收集数据的全过程，又让学生感到有趣实用，切身体会到生活与数学"同在"的道理。

（三）回归"生活空间"学习数学

在数学生活化的学习过程中，教师应引导学生领悟数学教学源于生活又用于生活的道理。因此有些数学知识完全可以走出教室。让学生在生活空间中学习，在生活空间中感知。如我在教学"土地面积单位'公顷'"时，我就先让学生到操场量教师先画好的边长为 10 米的正方形，让学生算出它的面积。然后告诉学生 100 个这么大的正方形就是 1 公顷。再让学生讨论 1 公顷应该等于多少平方米？应该是怎样的一个正方形？然后让学生用测绳量出 100 米的边长来，让大家体会边长 100 米的正方形的大小。最后请学生估算一下我们学校大约占地多少公顷。在同学生激烈的争论声中结束了这堂课。这样的教学安排，把学生在课堂中学到的知识，返回到生活中；又从生活中弥补了课堂内学不到的知识。自然地契合了学生求知的心态。我想这样的教学效果是在教室内闭门造车所远远达不到的。

三、创设民主开放的学习环境，让学生敢想、敢说、敢争论

活跃、和谐、平等、欢乐的课堂氛围是学生潜能、创造性、积极健康的人生态度生长发展的阳光、空气和水。因此教师要以民主、宽松、和谐的师生关系为基础，用尊重、平等的情感去感染学生，使课堂充满"快乐"的气氛，让教学过程真正成为一个师生交往、共同发展的互动过程。这就要求教师创设开放的教学环境，把课堂还给学生，倡导学生有错必纠、有疑就问，鼓励学生大胆质疑和问难，允许学生"犯错"。让学生张扬个性、健康的人格得到和谐、全面发展。进行数学活动时，教师要始终把自己当作学生的大朋友，与他们共同参与学习过程，共同分享学习的快乐。时而热情指导，时而亲切交谈，认真聆听学生，给予激励和启示，给予鼓励性的评价。通过师生情感的融洽，心灵的沟通，为学生发展营造宽松的心理

氛围。只有在这样的氛围中，学生才敢想、敢说、敢争议，才能闪现出智慧的火花。所以在教学《左右》时，我把课桌椅的摆放上改变了形式，取消了桌子，并将学生分成六个小组，这样既便于学生交流，又给学生留有较大的活动空间。其次，为了能让学生理解左右是相对的，还设计了这样一个环节：教师和学生面对面，教师举起右手，"你们看，老师举的是哪只手？"有的学生会说是左手，有的学生会说右手，有的学生会说如果老师转过来就是右手了，还有的学生会说如果我们转过来就和老师一样了。让学生自由地发表见解，在他们的辩论中，理解"因为老师和他们面对面地站着，所以方向相反。"接下来，再让学生观察摆在讲台上的花盆和水瓶，问"花盆在水瓶的哪一面？"这样使学生又争论起来，并抓住时机调动学生，"如果谁想再到前面来看一看，就到前面来"，让学生动起来，活起来，说起来。只要学生说的有道理，我就给与肯定和赞赏，学生的创新精神、勇于探索的品质得到了培养。

总之，新理念下数学课堂应该是开放的，教学方法应该是多变的。应该努力做到："解放小孩的大脑"，让孩子多想一想；"解放小孩的眼睛"，让孩子多看一看；"解放小孩的双手"，让孩子多做一做；"解放小孩的嘴巴"，让孩子多说一说。想、看、做、说都是在教师灵活的、综合的策略引导下展开的。可以说，教学策略的活，将激发学生学习的新，激发学生学习的创。所以，创新是当今教育的必由之路。只有让课堂教学充满快活的气氛、鲜活的知识、灵活的教法，把每节课都作为学生探索创新的一次历程，才能真正使课堂教学活起来——充满快活，实现鲜活，展现灵活！

教师简介

王海玲老师，现任广东省深圳市育才一小数学教师，36岁，中共党员，本科学历，中教高级。

她从教17年来，执著追求，勇于创新，积极投身课程改革实验。多次参加全国、省、市、区级公开课，其中1998年曾获全国一等优秀课殊荣。她所撰写的教案、说课稿、论文等有30余篇获奖，其中有六篇论文获国家级奖励。

她潜心育人，乐于奉献，先后被评为全国推进素质教育先进个人、省数学学科骨干教师、省优秀实验班主任、市百优教师；连续七年被评为市优秀教师；市中青年骨干教师；市师德优秀教师。

如何在美术课堂中实施创新教育

广东省深圳市南山区育才一小　盛育莉

教育要创新，这是新课程教学的重要特征，而课堂教学又是实施创新教育的主渠道。江主席曾经这样说过："创新是一个民族的灵魂，是一个国家兴旺发达的不竭动力。"那么，如何在美术课堂教学中实施创新教育，培养学生创新意识、创新能力，我的体会如下：

一、营造自主、轻松、和谐的课堂教学氛围，激发学生的创新热情

教师在教学中，要以学生自主发展为本，以饱满的激情贯穿于课堂的整个过程中，为他们创设自主、轻松、和谐的学习氛围。要对学生持宽容态度，并随时发现学生身上的闪光点，加以鼓励，满腔热情地保护学生创造性的幼芽。在课堂上，应让学生主动发问，不强迫学生盲目服从教师的见解，让他们轻松愉快地在课堂上充分展示自己，给学生自我个性的发展和想象力的发挥提供足够的空间。如：一些男孩子喜欢看关于打斗的动画片，美术课上也总要问可不可以画动画战士之类的话。每当他们这样发问的时候，我总是以提建议的方式指导他们："题材不错，很会学以致用。那你打算怎样处理你的画面呢？"这时，学生脱口而出："画打斗场面。"我没有去阻止，而是举例说明："伊拉克战争残酷吗？""12·9事件了解吧？""和平好，还是战争好？"等等，学生听完，会自己做出决定。

二、加强创新思维训练，培养学生的创新思维品质

创新思维所表现出的特征，往往是善于发现问题，善于揭示客观事物的内在规律，从而产生新颖的、前所未有的思维成果，达到创造性地解决问题。因此，具备了创新能力，就是具有了创新思维品质。在课堂教学中如何培养创新思维品质呢？首先，要丰富学生的想象，培养他们的发散思维。充分利用某一主题，或不同种类的教具，展开话题，放开思维，使学生的创新思维向不同角度发展。其次，教师要加强学生的理想化思维的训练，让学生根据实际现象或事件，引起思考，并提出个人看法，多角度去分析问题，从而逐步形成良好的思维品质。如：在中秋节来临之际，我自编了一堂《月饼设计师》，就是先让学生回忆见过的不同形状，联系到月饼的设计上，从而展开联想，再升华到见过的不同事物外形、人们的生活实

际，使学生的思维全面发散，设计出意想不到的作业。

三、积极创设问题情景，激发学生探究兴趣

教育学家苏霍姆林斯基指出："如果教师不想方设法使学生产生情绪高昂和智力振奋的内心状态，就急于传授知识，那么这种知识只能使人产生冷漠的态度。"这说明学习兴趣是培养学生学习自觉性的核心因素，是学生学习活动的强化剂。因此教师要创设问题情景，激发学生的探究欲望，营造一种愉悦的探索氛围。首先，教学中教师可通过直观形象的画面，生动有趣的游戏，耐人寻味的故事等，刺激学生的趣味神经，从而使他们产生动手创作的激情。其次，根据学生认识规律和教学内容的需要，运用现代教育技术，创设丰富的画面形象，调动学生形象思维，形成创新能力。再次，实施游戏情景。通过游戏，让学生兴趣盎然地学习。如：在教学《小小时钟，嘀哒嘀哒》一课时，我把欣赏时钟图片的环节创设成去老爷爷的钟表店参观，学生以顾客的身份进入是饶有兴趣的。制作时，我又以老爷爷赠送"学生自制钟表专柜"为前提，使每个小孩子都以饱满的激情投入到了制作的行列中。最终的结果是：在"专柜"里摆满了孩子们精心制作的各式作品。

四、创新教育中，学生是学习的主人，教师是"导演"

重结论、轻过程的传统教学排斥了学生的思考和个性，把教学过程庸俗化，认为只需听讲和记忆就能掌握知识，于是便成就了一批批死读书，读死书的"好学生"。在新课程理念下的课堂教学是师生交往、积极互动、共同发展的过程。教师的主导作用主要体现为"引导"，即教师要充分调动学生学习的积极性，激发学生内在的学习动力，指导学生开展具有一定深度和广度的学习活动。"导"的实质在于激活学生的思维，让学生的思维最大限度地调动起来。而学生的主体作用主要表现为主动、积极地进行学习，充分反映他们思维活动的活跃程度，可见，教师的主导作用与学生的主体作用都涉及到激活思维，而只有激活学生的思维，才会有学生创造性的学习。如：在教学《玩偶大本营》一课时，我先给他们播放了自制玩偶

的动画，他们乐坏了。当他们知道是同龄的小朋友制作时，浓厚的兴趣马上转为制作激情，并同时发出疑问："怎么做出来的？""需要哪些材料？""我想做……"等。于是，我便如同一个导演，学生像是一个个想读透角色的演员，任他们在舞台上尽情的、不同风格的展示着自己的才华。整个课堂正如同一个"快乐的大本营"。

五、对学生采取发展性评价

在对学生的思维活动进行评价时，首先应坚持以发展学生的创新思维，形成创新能力为本。针对学生新颖的思维结果，教师应摆脱思维定式，竭力保护学生创新的积极性。其次，积极的学习评价有助于增强学生学习积极性，增强学生的自信心，因为每一个学生都有较强的自尊心，他们都希望自己学习的成功能得到别人的承认和肯定，因此，教师评价学生的学习，应尽量让学生感受到自己是一位成功者，这样，才有利于调动学生的学习积极性，进一步激励学生创新的欲望。再次，评价方式应多样化，将量化评价方式与质性评价方法相结合，适应综合评价的需要，丰富评价方法。只有改革教育评价的方式，消除扼杀创新的机制，建立有利于培养学生创新素质的激励机制，才能为学生的创新提供不竭的动力。如：在教学《小鸟找家》一课时，我选择自主评价的方式，就是让小朋友们把自己给小鸟做的房子放在不同地方，让所有小朋友扮演一只只可爱的小鸟，飞来飞去，最后找到自己最喜欢的"家"，然后停下来，再说说自己喜欢的原因。没有小鸟的房子，我把它选下来，只不过要稍加"装修"，请小朋友出主意，再由制作房子的作者和策划师一起加工，大家共同飞到"装修"后的房子前，讲改进后的优点。最后，"小鸟们"围着所有的房子翩翩起舞。这样，学生不但不会失去兴趣，而且对自己更有信心。可见，发展性评价的确对学生有着意味深长的积极意义。

综上所述，要把创新教育落在实处，学生是主体，教师是关键。教师应把培养学生的创新精神和创新能力当成自己的责任，把学生培养为"创新型"人才。正如陶行知所说"处处是创造之地，天天是创造之时，人人是创造之人。"让我们教师多给学生以宽容、支持和鼓励，让他们在学习中创新，在课堂上创新，在活动中创新，用创新塑造更新更美的世界。

教师简介

　　盛育莉，1980 年出生于宁夏，2000 年毕业于西北民族学院美术教育专业， 擅长国画、色彩、手工艺。小教一级，宁夏艺术教育委员会委员。2004 年来到育才一小任教美术。2004 年全国小百花绘画比赛中获辅导特等奖；2005 年深圳南山国际文化艺术节现场绘画比赛中获辅导金奖；2005 年中国教育部举办的中小学生绘画比赛中获辅导一等奖；2006 年在南山区中小学生现场写生比赛中获指导一等奖。教学案例《蹦蹦跳跳间的创想》被选入有关文集；2005 年南山区教师基本功比赛中获二等奖。

生活化的学科课堂教学评价

四川大学附属实验小学　　吕江洪

摘要：评价在教育教学实施过程中起着激励导向和质量监控作用。建立一个体现素质教育思想、既促进学生全面发展又兼顾个性差异、激励教师进取的评价体系是关系到教育改革成败的重要环节。在生活化的学科教学研究中，我们把学科教学目标与生活的目标结合起来，用生活的内容作为教学内容，用生活中的典型材料作为教学的材料，以生活学习的方法作为教学的出发点，用生活的情境改造教学的情境，使学科教学既反映学科的特点，又真实地反映对生活的品味。生活化的课堂教学应该具备"设计与生活密切联系的教学目标，创设学习生活情境，调动生活学习的经验，运用生活学习的逻辑，生成新的生活学习经验，体验教学中的生命状态"的明显特质，由此而形成了生活化的课堂教学的评价体系。

20世纪80年代以来，世界各国展开了一系列轰轰烈烈的课程改革。在改革中，各国意识到建立与之相适应的评价体系是实现课程变革的必要条件之一。

课程评价是根据某种标准，以一定的方法对课程计划、活动及其结果等进行描述和价值判断的过程。课堂教学是课程评价指标体系中重要的组成部分，它直接影响着课程改革的效果。

面对21世纪的教育改革，我们再次审视教育，教育的目的是什么？学校发展的目标是什么？我们的回答是：教育的目的是"人"的发展。学校的发展必须以提升人的生命质量为目标。有着70年办学历史的四川大学附属实验小学，今天将"生活教育"作为学校教学的个性、教育的追求，全校教师在深度理解、挖掘"生活教育"内涵的同时，构建起学科生活化教学的体系。学科生活化教学将生活情境，生活内容，生活中的有效学习方式、生活气息、生活味道引入课堂，还学科教学以真实，让教学回归生活，回归本真，从而使学生在学习中生活，在生活中学习，实现学习的意义和价值，促进学生综合素质的提高，让小学学习为学生的终身发展奠基。与此同时，我们积极探索与学校生活化课堂教学相适应的评价体系。

一、生活化的学科课堂教学评价的目的

课堂教学是目前我国教育的基本组织形式，是教师教育活动的基本阵地，课堂教学质量的高低在很大程度上决定了学校教育的水平，影响着学生的发展。在过去长期的一段时间里，对教师和学生的评价重在甄别，评价看学生的学业成绩、教师的课堂教学水平，忽视了课堂教学评价对师生的激励功能、教育功能。学科生活化课堂教学评价以新课程评价和生活教育理念为指导，形成了促进教师和学生共同成长的评价体系。

学科生活化课堂教学评价，根据学科生活化课堂教学的特点，以科学的方法对教学目标，活动及其结果等进行描述和综合性价值判断，确定教学是否实现教育目标，学生在教学过程是否得以真正的发展，从而促进师生的共同发展。通过评价，引导教师在真实的情境中，对自己或他人的教学行为进行分析与反思，提高教育教学水平，同时，让学生的综合素质在原有基础上获得实在的发展，让学科生活化教学的理念和策略深入教师心灵，与日常的教育工作融为一体。

二、生活化的学科课堂教学评价的特点和内容

(一)生活化的学科课堂教学评价的特点

我国过去的教育评价中，评价内容过多注重课堂学科知识，特别是课本上的知识，而忽视了实践能力、合作精神、创新精神、心理素质以及情绪、态度和习惯等综合素质的考查。学科生活化课堂教学关注学生的生活，关注学生的个体差异及发展的不同需求，让学生快乐地在"生活"中学习，获得知识、能力、健康的情感，形成正确的人生态度和价值观。学科生活化课堂教学评价依据、评价改革的重点——建立评价学生全面发展的指标体系和学科生活化课堂教学的特点，呈现出整体性、多元性、鲜活性、开放性的特点。

评价的整体性表现在对构成课堂教学流程（目标、内容、方法、成效）的全程的关注，以及以促进教师和学生综合素质的共同发展为目的。

评价的多元性表现为评价内容和评价方法的多样性，评价主体多元化。评价内容涉及师生多方面潜能的发展；评价方法以质性与量性评价相结合；评价主体有专家、行政干部、教研组、教师、学生。

评价的鲜活性表现在评价内容的语言打破过去规整、经典、理性的特征，用自然、质朴、理解、宽容等充满人文色彩的评价，使其贴近生活，

充满生机活力。

评价的开放性表现在关注过程，在不断思索、研究中生成认识，与日常的教学靠近，最终融为一体。

(二)生活化的学科课堂教学评价的内容（五项）

1．教学目标

教学目标是通过具体教学活动所达到的具体教育目的，或者说是具体教学过程所期望学生发生的具体变化。它是教学活动的核心、出发点和归宿。

一般来说，教师在教学目标的确定上考虑到的是学生先前的知识经验和能力经验，而往往忽略、放弃学生已具备的日常生活经验，从而造成教学目标确定不符合学生的实际情况，教学效率低。学科生活化课堂教学评价在对教学目标的评价中明确提出：关注学生现实和未来生活需要，确定恰当的三维目标。课堂教学的目的是促进学生的发展，有知识的发展，有能力的发展，有情感、态度、价值观的发展。这一切的发展应面对的是学生现实生活和为其未来生活做准备的发展的需求，而不是无效的"发展"。

2．教学内容及方法

教学内容及方法是课堂教学质量的根本保证。新课程提出变"教教材"为"用教材"，教材无非是一个教学的例子，学生生活中的例子有许许多多，怎样用好教材？我们认为，要让学生的学习与生活紧密结合，让学习成为学生生活的需求，发展的源泉，要在教学内容及方法中注入"生活"的养分。

(1)挖掘生活中的课程资源，创设生活化的学习情境，引导学生将自己的生活情景再现于课堂，让学生在轻松、和谐、民主的氛围中快乐自主地进行学习。

(2)关注学生的生活实际，将学生的学习与生活有机结合。教师能捕捉教学活动中新生成的课程资源，引导学生开展有意义、有价值的学习活动。

(3) 将学生生活中有效的学习方式引入课堂与课堂学习方式自然融合，为学生的学习提供时空，引领学生经历观察、操作、倾听、思考、交流、评价的学习过程。

(4)教学语言贴近儿童，富有生活气息，教态亲切自然。

3．教学评价

及时给予学生鼓励性评价，评价符合不同层面学生的实际情况，评价方式多样，评价内容与教学内容融合。

课程标准中讲到"评价要多元化，要保护学生的自尊心、自信心，要关注个体处境和需要"。学生是生命的个体，在评价中，教师首先要充分尊重学生，发挥评价的激励、调控作用，注重评价过程对学生发展的促进作用。对不断成长的学生个体，我们要对他们的进步及时给予鼓励性的评价，同时，针对发展中不同学生的实际情况给予建议和意见。评价时，眼中有学生，心中有感动，赞美是由衷的，意见是中肯的，建议是可行的，决不滥用"真好""真棒"等终结性评语，以公正的评价关爱学生，帮助他们树立正确的价值观，让他们走进"真实的生活"。评价方式应是学生喜欢而乐于接受的，自评与互评相结合，通过多元主体的评价，让学生学会客观正确地看待自己。同时，为了不让评价内容与学习内容相去甚远，近期的学习与远期的学习割裂，影响学习的氛围和学习的可持续，教师在教学中，应将评价内容与教学内容尽量融合，将学生当前的发展融入未来的生活。

4．教学体验

课堂生活是教师和学生共同经历的生命历程。根据"以学定教"的发展性课堂教学评价，我们在课堂教学中，更多地关注学生学习的兴趣、参与度、发展度，而在一定程度上忽视了教师的教学体验。

学科生活化课堂教学评价既关注学生的体验，又关注教师的体验，提出：学生学习兴趣浓，积极参与，思维活跃，教师与学生在课堂活动中共享学习生活的快乐。课堂生活应该产生和给予师生多种快乐，这里既包含轻松愉快的心情，又包含共同发展的愉悦。教师将自己对学习的兴趣带入课堂中，让学生感受到不断学习的极大乐趣；老师点燃一支支"火把"，看到学生智慧的光芒，接受来自于学生发展的快乐。一个没有快乐的课堂，一个始终如一的单调的学习活动，一个性情阴郁的教师，都是学习的障碍。我们必须把课堂教学中的快乐，当做教育工作的目标去建设，让师生在课堂教学中共享"快乐的生活"。

5．教学效果

教学效果的评价是对一节课堂教学的综合性评价。过去的教学效果评价，我们常以学生掌握新知识的程度作为评价的重要指标，忽略了学生其它方面的发展，忽略了学习过程中学生的发展。学科生活化课堂教学评价以"促进学生发展"理念为指导，认为教学效果应从为学生"未来生活奠基"的角度去看：三维目标充分落实在教学活动中，学生生成了新的生活学习经验，达成较好。让过程与结果紧密结合起来，通过目标的层层落实，取得较好的效果。

三、生活化的学科课堂教学评价的方式

学科生活化课堂教学评价的目的是促进两个（教师和学生）发展，是教学生活化、师生生命体征的调研。对一堂课是否达到学科生活化课堂教学的评价标准的价值判断，我们不简单地判断是否优劣，而是为教师提供教学的信息反馈和咨询，帮助教师反思和总结自己在教学中的优势和薄弱之处，分析产生问题和不足的根源，探讨扬长避短的措施与途径，从而不断改进教师的教学实践，提高教师的专业发展水平。我们形成了专家、课题联系人（行政）、教研组、教师、学生共同参与的评价制度，评价方式呈现多元化的特点，对所上每节课进行综合性的评价，评出亮点，指出不足，提出建议，以真正促进师生的发展。

（一）专家与教师互动

专家听课后，填写开放式的《专家评价卡》。不同的专家所关注的教育热点不同，所擅长的方面也不同，那么，评价的侧重点亦会不同。我们为专家设计开放式的评价表，可以让他们充分表达其对课堂教学的看法，从而促进教师教学水平的提高。

(二)课题与行政兼容

作为学科生活化课堂教学的课题联系人，即学校行政，听课后，要根据评价内容与执教教师进行深度的访谈，充分了解教师的教学理念，对学科生活化课堂教学的理解，促进教师反思自己的教学行为，进一步理解生活教育的思想，填写《学科生活化课堂教学调查表》，记录调查的情况并写出对此课的综合评价意见。

（三）教研组成员合作

教研组作为教学研究的基层组织，是教师研究的共同体。执教教师上课后，组内的其余教师针对该课值得肯定和不足的方面进行专题评课，形成教研组的综合评价意见。填写《教研组评价表》，有时，我们还采用相同学科或不同学科组间互评的方式，通过跨年级、跨学科的评价，打开教师一些新的教学思路。

（四）自我反思与同行建议结合

教师的评价应充分发挥本人的作用，突出教师在评价过程中的主体地位，被评的教师是评价活动的积极参与者。在全校的评课活动中，执教教

师要先进行说课，讲自己的教学设计理念与思路，然后做出自我评价与反思。其余听课教师根据看课的情况，填写《教师课堂教学评价表》，依据评价标准进行 1+1（1 个优点加 1 个建议）评价，帮助执教教师更好地反思和改进教学工作。

（五）学生体验与教师品味同在

学生是课堂教学活动的主体，直接的参与者，他们对教师的教学活动以及师生交往等有直接的感受和判断。课后，我们请学生填写充满童趣的《学生课堂教学体验卡》，教师通过学生的评价，及时调整自己的教学策略或转变某些不恰当的教学行为，让我们的课堂生活充满快乐。

教师简介

吕江洪，小学高级教师，先后被评为"成都市优秀青年教师"、"区学科带头人"、"区教育功臣"、"区少先队优秀辅导员"、"区优秀教师"、"区优秀青年教师"、"区优秀共产党员"。从事小学语文教学 15 年，教育科研管理近 4 年，参与"小学生学习心理过程研究"、"建立乐学机制，促进五育协调发展"、"愉快作文"、"构建现代儿童学习生活的实践与研究"等各级各类教改实验八项。在教改实验中，不断更新自己的教学观念，树立现代的教学观。在实践中不断总结出"作文讲读课的教学模式"、"愉快阅读的课堂教学模式"、"归类识字的课堂教学模式"、"作文评改的方法"、"培养学生思维能力的方法"、"生活化的识字教学模式"，撰写的 15 篇论文曾获各级奖励或予以发表。组织编撰学校学术刊物《学习与研究》和《研究通讯》多期。

在实践中体验生活与生命

——四川大学附属实验小学综合实践活动课程构建及实施策略

四川大学附属实验小学　余　强　邹　芳

四川大学附属实验小学"儿童与社会"模拟72行实践活动已经成功地举行了三届了。这个活动的最早创意是响应团中央、少工委提出的在少年儿童中开展体验活动，让孩子们在体验中学会创新，增长才干的号召而产生的。在设计中又将常规性的游园活动与之结合，让孩子们通过观察了解社会上的岗位、职业，结合自己的年龄特点和特长寻找一个岗位，模拟一个角色。孩子们经过前期的调查和实践，创建了"世纪新城"，用股份制形式建构"企业"，通过自荐找到了自己的岗位，董事长、经理、服务员、医生等上千个岗位让他们真切地体会到了工作的艰辛和快乐，更在活动中感受到了创新的乐趣和实践的快乐。这一活动在全国引起了极大的反响，受到了全国少工委的表彰，获"全国体验教育创新活动最佳奖"称号，中央电视台、中央人民广播电台派专栏记者进行了采访和报道，省市少工委将之作为少先队的典型活动向少年儿童推荐，成为成都市第四次少代会的现场观摩活动，并成为2004年四川省少年儿童庆"六一"的指定活动。这一活动从最初的少先队品牌性活动发展到校本课程，直至今天成为学校的主流价值文化纳入学校中长期发展规划，成为校园文化建设的重要组成部分，支撑起生活教育理念在我校的贯彻落实，给我们带来了很多的收获和思考。

一、我们的孩子：在实践中成长，在成长中学习，在学习中快乐，在快乐中生活；常规性的和群体性的综合实践活动的开展使我们的学生表现出了与众不同的特点，获得了极高的成长效益

（一）教育资源的仿真性，让儿童还原为儿童

我们综合实践活动从主题的选定到内容形式和活动的材料都来源于社会生活和儿童的生活世界，让一个真实的或仿真的世界展现在孩子的周围，让他们做自己，让他们做孩子。在我们成长的记忆中，"扮家家"、"小大人"、"穿爸爸妈妈的衣服、鞋子等"都是其乐无穷，印象深刻的。当我们

把这种自然的生活方式呈现在教育环境中时，我们就看到了一个个真实的鲜活的生命在活动，我们就发现了一个个儿童心中真实的真善美，我们就收获了许许多多真实的自然的学习方式，我们也就找到了许多教育资源和教育方式。（用一位家长的话说：我的孩子参加了两次七十二行活动，第一次我是协助他们做一下收银的工作和教他们记账；第二次，他们班搞"世纪之星"的文艺演出，我只做一个观众的角色，进行观摩。通过这两次活动，我感觉同学们通过"模拟72行"活动从全方位的得到一些锻炼，尤其印象深刻的是平常看起来成绩不是太好的同学，反而在活动中表现出来的沟通能力、与人交往能力和推销商品的能力是很强的，平时成绩很好的同学在这方面是不及他们的。所以素质教育是一个人全方位素质的发展。这时候成绩好的同学看到成绩不太好的同学能力超过了自己，他也不像以前骄傲了；而成绩不太好的同学也有一种自豪感，我在其他方面很能干，还能超过你们。）

（二）综合实践活动提供了一个个真实生动的自我教育场景，让自我教育生活化

我们的教育合力是由学校教育、家庭教育、社会教育、自我教育组成，而"最好的教育就是启发学生进行自我教育"。综合实践活动由于内容和时空的开放性，让学生在更广阔的自然与社会中活动和实践，获得了许多在学科课堂不能获得的自我教育资源和场景。

（三）综合实践活动内容的趣味性和形式的多样性，促成了学生学习的自主性

综合实践活动在内容的选定时都能充分地反映学生的兴趣和需要，一种是学生感兴趣的课题，一种是学生能研究的课题，一种是学生需要研究的课题，都能在不同程度上满足学生的兴趣和需要，而要满足这些兴趣和需要就要求学生利用已有的知识和经验，或者已有的知识和经验还不够而需要补充，这时候为了活动的需要和任务的完成孩子们总是会排除一切困难的去解决问题、去获得新知。其实，这也就是综合实践活动的认知目标所要求的内容和标准。记得在我们世纪新城"国家机关一站式服务点"的工作人员们，为了当好税务局的工作人员专门到税务局请教叔叔阿姨，带回一本本税务常识册子认真学习，硬是区分和搞懂了服务性行业和事业性行业税率的不同算法。物价局的同学们为了正确审核各班的报价，认真计算成本、利润，从价格调整上坚决控制赢取暴利，他们逐一核算又逐一到各班协调价格、制作并发放物价标价签等等工作无一不渗透出自主的学习

和积极的进取精神。

（四）综合实践活动的自主参与性和深刻体验性，让活动的经历和经验长留孩子心田，发挥着持久的教育效益

在华盛顿博物馆里刻着这样一句话"看过的，我会忘记；听过的，我记不住；只有做了，我才会理解。"综合实践活动让学生去做，学生做了，一段丰富的经历就在学生生命中沉淀了，不管是成功还是失败，都成为了一段生活的记忆。这种记忆会在孩子需要的时候或在相同情景出现的时候被唤醒，从而被利用被提升。我们的学生在一次次竞选队干部、竞选市长、经理、某个岗位的过程中学会了展示自己、获得了竞选的经验和体验，以后当他们面临无法确定谁更强更优或为了证明自己更强更优的时候，他们总会选择竞选的方式，并且勇敢自信地去参与去展示。

二、我们的认识：综合实践活动的主要功能和价值

（一）综合实践活动课的主要功能和价值之一是儿童学习内容的生活化

在儿童的认知规律中，求知欲是天生的，而最能激起这种求知欲的内容和材料是那些贴近儿童生活的、具体的、鲜活的事件或事物。综合实践活动课程中的学习材料就在儿童的身边，贴近他们的日常生活经验，是儿童容易察觉但又神秘，内心向往但又没有专属的空间；是一种能满足儿童学习向往，有能力垫一垫脚就开展自主学习，获得自我激励自我教育的"活生生"的内容和材料。这些材料在儿童的头脑里形成鲜活而具体的表象，成为思维加工及发展的优质原材料，从而形成建构儿童思维活动的生长点和生命力的必须。也正是在"模拟社会七十二行"综合实践活动过程中的亲身体会，让孩子们获得了一个个自我教育的学习素材，一个当过财务部经理的孩子写到："几个小时过去了，我的钱也用完了，人也累了，便回到店里休息。看见班里其他同学还在忙碌地清点钱、物、核对账目，这时，我才恍然大悟，我不是一个合格的'财务部经理'，为了自己的玩耍，竟忘了集体，忘了自己承担的责任。"

（二）综合实践活动课的第二个主要功能和价值是教学的全过程都伴随着实践

教育原本就是起源于劳动实践，实践是人们认识事物的基本途径和方法。儿童已有的经验在一个个"亲身实践和体验"中被唤醒，在身临其境的触摸活生生的实物的过程中，用经验去探索，用思维去加工，把感觉和器官还原成学习的工具，经历了一个"经验实践 - 产生问题 - 探索实践"的

学习活动过程，在这一过程中，实践是中心，实践就是儿童的生命和生活内容，他们用热情去感动环境，用行动去体验生命，感受到了已有经验的价值和生成新的经验的快乐，从而表现出巨大的且无法遏制的学习动力。

（三）综合实践活动课的第三功能和价值是体现儿童认识世界从综合到分科，再由分科到综合的过程

儿童的现实生活和未来生活或已经历的生活都是整体的，展示在学生面前的生活世界也总是以整体和完整的形象出现的。儿童在认识世界的过程中，综合地整体地感知生活世界的时候，总是用好奇的目光追问生活，探究未知。这时学习的方向由综合的模糊变成分科的清楚和明确，由整体到局部。在经历了分科、局部的学习之后，又回到综合和整体中来，而成为促成孩子对世界和生活的整体认识的教育目的。因此，我们就应该把综合了的整体性的社会原貌展示给学生，而不是割裂成片段介绍给学生。尽管我们可以用科技、文化、经济、健康等不同的视角去观察、审视它，均是为让儿童认识整体，更好地生活在完整的世界里。比如我们的学科教学，进行学科的分化就是为了实现学科的综合。换句话说，教育开始于综合性和整体性的内容，为了进行深度地研究出现了分科教学，但回到生活实践中时又需要"综合"的展现，需要综合运用各学科知识，发展综合实践能力，这也就是综合实践活动课程的重要价值——实现"综合"知识的价值。

（四）综合实践活动课程的第四个功能和价值是群体自主共生

综合实践活动课程的内容从设计到实施都离不开学生个体的自主参与，也往往是每一个学生都能得到充分展示和参与的活动，也正因为如此，这门课程能保证学生群体共同地成长和提高，在孩子成长的过程中，从同龄人和同伴那里获得的影响要比长者和师者的影响作用更大、更持久、更愉悦。一个班、一个年级、一所学校；几个、几十个、几百上千个学生的共同活动，学生在观察、模仿、评价其他学生（同伴）的过程中提高了对自我的认识，在同伴互动的影响下获得了成长的效益。这样，学生群体综合运用知识的能力提高了，综合实践能力和水平提高了，学生群体的素质提高了，就会产生群体共生效益，才能实现"让每个儿童茁壮成长"。

三、我们的做法：常态下的综合实践活动课程体系构建

（一）依托学校所在的社区特色，构建综合实践活动课程的社区资源

学校所在社区的特色是一所学校的特色得以形成的重要基础，综合实践活动课程要善于挖掘社区中的课程资源和研究课题，引导学生把自己成

63

长的环境作为学习场所，在与社会持续交互的作用中，在不断理解社区中，健康发展。我校身处高文化、高素质、高品位的川大社区，所以，我校首先认真分析了可以利用的社区资源：本校教师、校园网络、学生家长、学生社团、公共机构、川大小社会、老年长辈、图书馆、游泳池等场馆设施，并对这些资源的可利用情况进行了问卷调查，使我们在开展社区综合实践活动时有了方向性和目的性。如参观川大生化馆、川大博物馆、川大图书馆；到川大游泳池、体育馆参加游泳比赛和冰上运动项目，都极大地丰富了学生的综合实践范围和内容。最为突出的是由川大志愿者和我校体育组共同开展的一年级学生"徒步川大健身行"综合实践活动，将体育锻炼、参观访问、人际交往、学科知识、评价方式等结合起来融入到了活动之中，活动受到学生的热烈欢迎，该活动设计方案获成都市综合实践成果评比一等奖，同时也成为了我校稳定的社区课程资源。还有广大的川大家长都是具有我校特色的社区资源，他们提供的讲座、资料丰富了我们的教育内容。

(二)顺应学生发展的需要，构建以生活教育为主要内容的校本课程

学校综合实践活动课程的建构不因一次、两次或类似于"七十二行社会实践活动"就包揽完了，站在素质教育对儿童终身发展的意义上理解，从时间上看，它是长期而不断进化的；从内容上讲，它是不断丰富而完善的；从对象上讲，它是全员的而富有学龄期群体差异的；从课程形态上讲，它是稳定而不断发展的；从课程功能上讲，它是不同形态产生的不同效能，是其它课程不能取代的。尽管它是课程改革与重建中一个难点，极具挑战性，但也同时表现出极大的生命力和很高的课程价值。我们在建构的途径上有以下的实践和思考。

1. 大目标，分主题系列建构

根据对综合实践活动课程教育目标的学校理解，从三个维度上进行分析与整合，围绕儿童文明学习生活进行系列化探索与构建，我们确定了"儿童与生活"——"培养具有鲜明个性，并能创造和享受文明生活的新生代，促进儿童今后有质量的生活"为大主题的综合实践活动课程目标，在这个大目标下设置了"儿童与社会"——负责任、有爱心的生活；"儿童与自然"——自然和谐的生活；"儿童与健康"——健康、安全的生活；"儿童与科学"——求真、探究、有创意的生活；"儿童与艺术"——感受、欣赏、崇尚美的生活；"儿童与文明"——文明雅致的生活；"儿童与自我"——愉快、积极、自信、自主的生活。这样 7 个分主题活动课程，每一个活动主题都指向学生未来生活，都为着提高学生的生活质量积累经

验和经历，都紧紧围绕着教育目标的实现。

2．大主题、小教案系列性构建

每一个分主题所构成的教育重点是不一样的，其目标的实现最终要落脚在细化的教学活动中，只有具体的教学细节才能展现课程的精彩。教师要根据主题目标，结合学科教学和活动教学经验，设计项目教案。如在"儿童与自然"主题活动中，根据高、中、低三段学生的实际情况，把低段综合实践活动的中心主题定为"亲近自然、体验自立"，在这个主题下分设编制了活动教案，开展了"离开爸爸妈妈的日子——整理内务"、"可爱的小动物——爱心饲养"、"认识蔬菜——果园认知"、"神奇的大自然——笋壳作画"、"世界真美丽——采撷自然、寻找春天"等活动项目，由于有事先的主题预案的设计，学生在素质教育基地的实践活动时，老师在一些关键和典型情节上展开教学，有计划有目的参与学生活动，极大程度上提高了实践活动的效益，实现了主题教育目标，也为学科教学积累了丰富的素材和经验。

3．小题目，大文章，体验层次多样化

儿童的学习方式是多样的，学习的层次是有梯度的，但最终要在头脑留下深刻的印象和积极的情感态度，这必然要给儿童所有感官提供学习的机会和思维活动的空间，把综合实践活动的内容放到学科、综合和综合实践活动课程之中，让自主、合作、探究伴随其全过程。如在低段"亲近自然，体验自主"的"儿童与自然"的综合实践活动开展前，各班在综合课中遐想、讨论，共同设计方案，收集资料，教师对方案进行教案改造；师生共同到大自然的实践基地里实践，面对鲜活的物群，进行零距离的观察、交流、体验、实践、感受；再搬到学科课堂中进行学科加工、提炼与深化，如猪圈里的数学（数学课），菜园中的思品（思品课），笋壳的艺术（艺术课），我与春天的对话（语文课），种子生成的条件（科学课）……从这里，我们看到了综合实践活动课程产生的资源在学科课程中被充分地利用，反复地增值，也由于学科课程的利用增加和提高了综合实践活动的效益；而综合实践活动课程要保持长久的生命力也需要用学科课程的方式方法、思维特点、运作模式来巩固，从而使综合实践活动学科化。但我们也应该看到，这两种课程在儿童发展的过程中是不可分割的，他们各有特点又有联系，他们是从不同的角度对儿童产生影响。当这两种课程能够很好结合的时候，不同的课程功能，都在儿童素质生长中汇合，从不同的角度促进了儿童"知识、技能，过程方法，情感、态度价值观"的形成。

(三)让研究性学习方式构筑起综合实践活动课程的基座

研究性学习是指学生基于自身兴趣，在教师指导下，从自然、社会和学生自身生活中选择和确定研究专题，主动地获取知识，应用知识，解决问题的学习活动。从而形成一种积极的、生成的、自主合作探究的学习方式，各种富有时代感的主题都可以渗透到研究性学习活动之中。我校在构建综合实践课程的基座时就是以研究性学习为立足点和突破点，让学生带着兴趣去探究、去发现综合实践活动的课程，参观污水处理厂；进行孵化蛋实验；制作多功能伞；在三环路开通以后，游三环，了解三环；少代会的召开做成课题会；三年级孩子自己开主题会；一个个鲜活的综合实践活动案例走进了孩子们的课程中。

当然，综合实践活动课程的建构，是一个漫长的历程，要经历重建、否定，再重建的探索。要想在常态下保证这个过程的连续性，建设工作的开放性，我们必须在学校内构建起综合实践活动课程开发的运行机制，提供强有力的保障支持体系并最终使其物化为学校文化的重要组成部分。只有这样，综合实践活动课程的价值才能得到高效的凸显，才能保持常态的推行，从而被师生认同，被社会和家长认同，形成共同的价值取向，总之，综合实践活动课程的建设，让学校素质教育走向实践，与此同时也让实践走进了学校，让我们在"实践—反思—实践"的道路上，成为对教育理想永不满足的追求者和思考者；让学校、班级、学生、教师（家长）在共同发展中，呈现生命的鲜活与质量。

教师简介

邹　芳，四川大学附属实验小学德育主任，潜心于综合实践活动课程的研究，致力于综合实践课程体系的构建，四川成都中小学综合实践活动项目研究小组核心组成员。

在体育教学实践中培养儿童健康生活意识
——四川大学附属实验小学体育教研组新课标实施途径初探

四川大学附属实验小学

陈荣　谷芳　杜国强　陈静　王聪　高强　范笑

摘要： 我校体育是在体育生活、生活体育，体育生活化、生活体育化思想引领下，践行生活教育下的学校体育。我们认为：（1）培养儿童健康生活意识应成为体育教学的核心任务和目标。（2）在整个体育教育教学过程中关注学生的学习兴趣和经验，以生活中的运动内容和运动形式与传统的运动内容和运动形式为素材，根据学生的知识和经验、认知特点、体育基础，构建生活化、实用化的课程内容、选择与之相适应的形式与方法体系，采用有利于学生发展的评价办法，经常开展丰富多彩、形式多样的体育活动，营造积极的校园体育文化等，不失为培养儿童健康生活意识的有效策略。

关键词： 体育实践 健康意识 生活化

一、问题提出

在我校实行以生活化教育模式为核心的教育理念下，学校体育课堂教学不断地与新理念发生碰撞，传统的教学观念与方式不再满足学生的需求，再加上新一轮的课程改革，这不得不使我组教师重新调查、认清学校体育发展现状，摸索出一条学校体育教学新思路，这就是与学校特点相结合并全面体现新课标的精髓的新思路——在体育教学实践中培养出学生健康生活的意识。

二、让"生活观念"指导教师一切，让"健康意识"伴随学生一生

2001年9月，新课程逐渐走进了校园、走进了学生、教师的生活，这对教师是一个挑战与机遇，面临这样的基础教学改革与挑战，我组老师积极学习、主动领悟新课标的精髓之所在，并在体育教学活动中不断地探究

与尝试，把新教学理念与传统教学手段有机整合。最终形成了与我校发展相适应的体育教学指导思想——以学生发展为中心，以培养学生创新精神和实践能力为重点，用发现的眼光去满足学生的需求。

（一）教师的行为培育着学生的健康

1. 以学生发展为中心

我校把学生的发展确定为立校之本，一切体育教学活动围绕学生的发展去开展，全面满足学生的需求，在教学活动中我们注意体现学生在学习活动中的主体地位，发挥学生的积极性，让学生能够自主地去学习。在课堂教学中注重学生的感受和体验，挖掘学生学习的潜能，提高学生学习的能力。新课标下的体育课，不仅仅要向学生传授体育技术、技能，更重要的是让学生身心愉悦，在轻松、活泼、快乐的气氛中去获得知识，增进健康。在低段体育教学中，我组教师根据教材特点，结合学生实际，适当采用情景教学，在情景教学中启发学生思维，激发了学生学习兴趣，使学生由被动学习变为主动学习，提高了课堂教学的效果，如陈静老师的《当一回飞行员》：将学生感到枯燥、没有学习兴趣的投掷项目教学，通过设置情景游戏来激发学生的学习兴趣，在促进教学中，围绕"激趣—展趣—持趣"进行教学，融"乐"、"学"、"练"于一体，学生的主动学习积极性一下就呈现出来了，让学生在情景体验中去享受到了生活中投掷练习所带来的乐趣。在高段体育教学中实行男、女生分班教学，老师结合五、六年级女生的生理、心理，以及运动特点的基础上，设计出的形体教学课程在教学中突出教师特长，形成了自己的教学风格。这样的设计成功地体现了新课程与学生的生活需求相结合。

2. 以培养学生创新精神和实践能力为重点

在我组教师认真钻研、学习新课程标准以后，更加强调教学中学生与教师的交往，力求共同发展，重视培养学生的独立性与自主性，加强对学生的引导，使学生能够提出问题、分析问题，并去解决问题。让学生在相互合作中去实践，在实践中去探究，在探究中不断学习，在学习中做到创新，使创新与实践能有机结合，满足学生学习的需求，并在培养学生能力这一过程中，为学生创设出主动参与的教育环境，激发出学生真正学习的兴趣与积极性。杜国强老师在《勇渡河流》这节课中，就充分利用到了纸板、绳等生活中容易找到的器材让学生自主创造，并创设出实际生活中渡河场景。在教学过程中，教师通过积极引导，让学生制造出适合自己小组渡河的"纸板船"。培养学生敢于面对问题，并解决问题的实际动手能力与创造能力。在常规课堂中，我组教师通过一些简单的问题，激发出学生的创造思维。例如在游戏《解手链》当中，教师通过培养学生反向思维，把一个正常的游戏倒过来让学生做，学生在做游戏的过程中也是对这个游戏有了自己的理解与创新，在《弹力球》游戏中，教师通过引导学生，让学生自发组织创造想象出奇怪的阵型迷惑对方。这些都很好地培养了学生的创造能力以及实际动手解决能力。因此在教学过程中我们更多的是考虑了学生把自己的创造用于实践，让学生充分体验到"处处都是创造之地、日日都是创造之日、人人都是创造之人"。让创造成为一种学生的健康生活意识而伴随学生左右。

（二）学生的成长需要健康，教师要用发现的眼睛去满足学生的健康需求

教师把健康教育的理念全面渗透到体育课程实践中，注重学生的身体健康、心理健康以及环境健康，通过体育教学活动使学生充分认识到健康的价值，让学生养成稳定、乐观、向上的生活态度，培养学生自觉锻炼的体育精神，果断、顽强的意志品质，与人合作的行为习惯和适应环境的能力。由于教学方式不断地发生着改变，教师不再独立于课堂之中，而是要时时刻刻地去发现学生需求，满足学生需求，与学生和传播媒介共同构建全新课堂，让学生成为课堂的主体，学生的实际参与成为构成课堂的核心，从学生的问题出发，去引导学生，减少传统教学中命令的形式，用一种学生喜闻乐见的生活教育方式去传授课堂的知识。例如在《小小消防员》这一常规课中，教师就是充分发现了四年级学生喜欢在地上滚爬而延伸出来的一堂课，教师把他的发现结合到适当的生活背景中去，让学生学习了解到基本消防知识。整节课充分利用了人与人之间的团结合作，教师把在火灾场景中自救与救人的基本常识巧妙地传授给了学生，让学生锻炼了身体的同时也掌握了生活中消防的知识。

三、用生活教育学生，让学生在生活中学会健康体育

（一）教育方式的生活化

1. 打破传统教学方式，教师和学生共同参与构建全新生活课堂

在新课改环境下，教师从备课上不再墨守成规选用以前常用的三段式教学。而更多的是采用以一种生活教学内容为主线，去抓住教学重点，达成学生学习中的领域目标。这样也让每一位备课的教师对自己设计的教学内容都有了发挥的余地，着重完成自己预先计划好的教学目标。在常规课堂教学中，教师注重与学生共同参与，积极引导学生去解决问题，比如在练习原地纵跳时教师引导学生发挥出自己想象的一个跳跃方式，看看其他

同学是否也能完成，并对这种跳跃的方式命名。学生在不断练习跳跃中，也就是想为自己的跳跃方式起上自己的名字，这也充分地激励了学生的参与积极性。

2．三维教学方式逐渐形成

在课堂教学中，为了培养学生的创新精神与实践能力，我校体育教学方式也逐渐形成三维一体化，在形式上，教师传递一项体育知识不再局限于教师教什么学生学什么，而是通过几种教学方式达到同种教学目的，例如：我组陈静教师在上投掷内容课的时候，她就采用了三度教学模式，一度教学是让学生叠纸飞机并看谁的纸飞机飞得远。二度教学是让学生进行弹力球比赛，学生得到网球用力仍在自己区域上反弹起后弹到对方区域内的一项简单生活游戏。三度教学是让学生扔卷好的跳绳看谁扔得最远。教师通过三种不同器材、不同方式的教学让学生体会到投掷的多样性，学生在参与的过程中也表现得非常积极。当然教师传递给学生的信息也不仅限于此，教师利用现代媒体与网络技术，促进学生了解和参与体育。在日常体育教学中，利用学校多媒体教学设施，让学生收看体育竞赛、组织学生在网上查找相关体育知识、为学生增添了新的体育学习方式。我组的《远足》一课还参加了全国第七届信息技术与学科展示大会。在内容上，我校体育教学不断地尝试与各个学科整合，淡化学科的界限，加强课程内容与现实生活和学生经验的联系，努力寻找在体育教学中解决学科共性问题的方法。只有当教学手段多元化后，我们体育课中生活教育方式才能更积极更有效地去实施。

（二）教学内容的生活化

1．利用生活中的元素做为教学内容

我校总体教学规划是以生活化教育为基础，因此，体育教学活动中，我们更多的是以生活中的元素为教学内容，不断地开展各种体育教学活动，把体育活动带到生活实践中去开展，创设各种生活场景，形成新的体育与健康教育模式，真正提高教学质量。在课堂教学内容的设置上，结合学生需求，增设了生活体育、娱乐体育、保健体育等教学内容，构建了生活化、实用化的课程内容。与具有深厚基础与优势的体育传统项目相结合，重组了符合我校儿童生活实际的校本课程教学活动。在教学器材的选择上，我们常利用塑料瓶、纸板、绳、木棍等容易在生活中发现的器材去实践我们的课堂，在实践的过程中也取得了显著的效果，为提高学生的认知能力、合作交往能力、探究学习能力奠定了基础。

2．让课堂教学走进社区，亲近学生生活，丰富课堂教学内容

利用四川大学相关活动场所如体育场、体育馆、游泳池、冰上运动中

心等，开展多形式的兴趣化教学，使每个学生都能根据自己的爱好和需求，选择喜爱的活动、多方式地参与体育活动，我们在教学活动中:开展了球类专门教学课、增设了旱冰体育课。利用"月亮湾"水上中心和川大游泳中心，从5月中旬至10月中旬开展游泳课教学、游泳活动课等。

（三）体育教学评价的生活化

在体育评价方式上，更加注重过程性的、个性的评价，并研究制定出了"学生体育与健康课学习评价表"，采用了学生自评、学生互评、教师评定等多形式、多渠道的评定形式，更具操作性，更能反映学生的学习情况。让每一个学生与自己比较，同时对每一个学生的进步都给予正面的评价，此处还充分注意根据学生差异确定学习目标和评价方法，使每个学生都能体验到学习和成功的乐趣，以满足自我发展的需要。

四、在丰富多彩的体育活动中培养学生的终身体育素养

（一）积极推行课外家庭及个人体育活动

我校学生主要来源于川大教职工子女，他们拥有着良好的、得天独厚的体育社区环境，利用这一优势条件，指导学生进行家庭及个人体育活动，无疑是使体育成为学生生活组成部分的有效措施与手段。我们确立了"自主锻炼、建立强身体育"的目标，通过以"争上游比高低"的各项活动竞赛激发学生学习锻炼的积极性，号召学生"锻炼身体、人人参与"，我们还结合学生家庭实际布置适当的家庭及个人体育作业，促进其体育习惯的养成，如:寒暑假为学生列出爬山、游泳、越野跑、晨练等活动，建议学生选项练习;倡导经常收听体育广播、观看体育比赛、体育欣赏等，使体育真正进入了孩子们的生活。

（二）长期、持续地组织学生参加学校特色群体活动

一年一度的"徒步川大"活动是我校校本开发的特色活动，它以体育健身活动为基点，将艺术教育(做头饰、唱歌)、学科教学(识字和说话)、参观访问融入其中，寓健身、自我教育、集体教育于一体，不但增进了学生的身心健康，还促进了我校一年级新生对社区环境的认识、对社区历史和文化的了解，有效促进了儿童终身体育和健康生活意识的形成，实现了学生身体、心理、社会的三维健康观的目的。

（三）体育节——体育与健康综合实践活动

每年11月下旬，体育组、大队部共同组织举行校体育节——"体育与健康综合实践活动"。该活动提高了体育运动的趣味性、娱乐性，落实了

71

"享受生活、实践运动"这一主题，使体育运动更亲近学生校园生活。在体育实践中培养学生的集体荣誉感、团队合作精神以及健康生活意识与态度。在活动内容的安排上，根据学生需要，贴近学生实际生活:如"障碍接力"赛，"赶小猪"接力赛，跳长绳比赛，50 米接力赛以及球类联盟赛等。在活动中还组织学生参加裁判工作，使学生能够得到全面的锻炼与提高。在比赛过程中淡化竞技色彩，在评分及奖励方法上更多地考虑如何有利于学生参与体育锻炼积极性的提高，如在"大集体项目"中:获得第一名得 32 分，第二名得 28 分，……此外，还模仿奥运会采用了激动人心的现场播放音乐、颁奖的发奖仪式，很好地增强了学生的自豪感及体育情感，培养了学生自信心，为学生形成健康生活的终身体育观产生了不可磨灭的影响。

(四) 阳光素质教育基地课外实践活动

让学生直接接触大自然，了解大自然，培养学生在野外生存的实际能力，判断能力。比较好的课程内容有: (1) 《找春天》，在春季的时候，事先把学生分成几个小组。教师把任务告诉给学生——你们能够在这片山林里找到春天吗?然后让学生在规定时间内找出他们认为能够代表春天的东西，并且告诉老师他们的理由。 (2) 《寻宝奇兵》，同样把学生分成几个组，每组发给学生一张地图、一个指南针，然后学生通过地图所标示的内容去找到所藏宝藏。学生也就是在这种通过自己的思考，判断以及小组合作的过程中学会了野外生存、辨别方向等各种能力，增强了社会实践能力。

(五) 七十二行综合实践活动

七十二行综合实践活动，是我校具有特色的综合实践活动，它是以生活背景为题材，让学生主动积极参与，了解认识社会，使学生学会认知周围的环境，并对周围的环境进行判断，让学生掌握各种生存技巧，提高学生的生存能力。其中具有代表性的有"游乐城":学生通过自己组织，在体育组租赁各种相关器材，去布置一片"游乐城"出来，游乐城的项目有"有奖保龄球"、"有奖垒球射击"、"呼啦圈"等游戏项目，不仅让学生了解认识了社会现状，而且培养了学生组织管理能力和实际动手能力。

通过几年的教学实践与反复探究，我组教师对在体育教学实践中如何培养学生健康生活意识都做出了很大贡献，这也真正为我校体育教学开展生活化教育奠定了基础，正是有了教师与学生的共同摸索与创造，才让我们更加认清学校体育发展的道路，更加了解学生的真实需求，并在各种体育实践活动中真正培养学生健康生活意识。

语文课堂呼唤优化的教学语言

江苏省泰州市城东中心小学　陈红芳

　　摘要：伴随着新课程改革的深入，教学语言越来越被人们所重视，新课程改革呼唤优化的语文课堂，而语文课堂呼唤着优化的教学语言。在传统的语文课堂上，陈旧的、缺乏活力的教学语言迫切地需要摒弃，每一位语文教育工作者都应该意识到优化教学语言的重要性和必要性。教学语言除了具备一般语言所共有的要素，如发音准确、规范、吐字清晰、圆润、流畅等，更重要的是它是为教学服务的。本文试图从语文教学实际出发，主要从四个方面论述优化教学语言的方法和要求，即：（1）重"知识性"，要言之有物；（2）重"条理性"，要言之有序；（3）重"形象性"，要言之有情；（4）重"创造性"，要言之有启。其中第3点是重点论述。在论述过程中，充分运用了教学案例作为论据展开论述，并采用了正反对比论证的方法加强论证力度。

　　我们说"语言是思维的外壳"，教学语言，指用于对学生进行专业知识教学的教师语言，一般是在课堂上使用，尽管教学语言并不能完全诠释教学理念，但是这些教学语言的确反映了在课程改革中教师的教学观念的变革，在具体的教学情景中体现了课改的精神。

一、存在的问题

　　在新课程改革的乐谱上，不少教师的教学语言成为与之不甚协调的音符。方言充斥课堂，教学用语简单粗暴的情况已经很少见了，然而下列现象还是值得警惕的。

　　（一）观念陈旧，实行"满堂灌"、"一言堂"

　　应该看到，在现实的教学中，我们多年来所形成的传统教学观念和传统的教学模式、教学方法仍占着重要的地位。相当多的教师还是习惯于传统的教学方法，对于以教师为中心传授知识的教学模式习以为常。认为课堂教学的任务就是传授知识，训练技能，所采用的方法是教师讲解，学生接受，把学生掌握知识的基础建立在教师的单向授课上。在"应试教学"的压力下，教师在教学中唯恐知识点、解题法有所缺漏，就尽量多讲一点内容，多用一点资料，学生就必须多做一些习题。这样，讲授法就演变为"满堂灌"、"一言堂"的教学模式。殊不知，这样做，带来不少负面效果：其一，什么都讲到了，还会有重点吗？只能像扫马路一样，柴草沙子一起扫。这就给学生的学习带来了困难，失去了正确的导向作用。其二，挤去了学生的反馈时间，不知道哪些知识学生已经掌握了，哪些知识学生还没有掌握，哪些知识学生通过自学能够掌握，所以只得泛泛地讲，其中有些是学生已经掌握的知识，教师的讲解只能引起学生的厌烦。其三，也是最重要的一点就是只考虑自己是说话主体，忽视学生是听话主体，丧失了培养学生自学能力和自主性的宝贵阵地，自己一人"占山为王"。

（二）内部储存贫瘠，跟不上时代的步伐

我们在教学实践中多次遇到同样的问题：由于学生置身于当今信息社会，通过电影、电视、书刊、因特网等信息渠道，他们已经获取了大量的知识，而且随着年级的增高而日益增长，他们这"一杯水"内有着丰富而且新鲜的细胞。就拿现在的小学课堂来说吧，你常会听到"哇塞""帅呆了"之类的新人类语言；不少学生爱好读书，涉猎广泛，尤其是对一些科幻天文知识特别感兴趣；再说开拓眼界方面，因为家庭原因，不少孩子虽然年龄小，但去过的地方不少，历史遗迹，风景名胜，说起来如数家珍。而我们，作为一名语文老师，现在能给他们同样丰富而且新鲜的一桶水吗？面对学生提出的"恐龙最早出现在什么年代？"你缄口无言；面对学生因某一风景区具体在何省何地你也无法给予明确的答复，那你的教学语言必将显得无力、苍白，学生在课堂上投向你的目光中还能有多少求知欲呢？

（三）缺乏真情实感，没有心灵的沟通

没有感情的教学语言就如同一杯白开水，淡而无味。一节课，从头到尾，教师的语调始终平和得如西湖的湖水，没有泛起半点涟漪，在这样的课堂上，如何能激发学生的激情，引起他们的共鸣呢？"提问、举手、回答、坐下"，这样的语言沟通永远只停留在语音的表象，永远无法洞察学生的内心世界，也许教了几年语文课，你的讲台下坐的还是一群陌生的学生。

二、解决问题的要点

我国古代著名的教育学杰作《学记》中有"善教者，使人继其声。善教者，使人继其志。其言也，约而达，微而臧，罕譬而喻，可谓继志矣"之论，明确提出了语言在教学中的作用及要求。著名教育学家夸美纽斯说：教师的嘴，就是一个源泉，从那里可以发出知识的溪流。这句话，隐含了课堂语言的重要性。教师向学生传道、授业、解惑以及师生之间信息的传递和情感的交流，都必须以语言作为凭借。在新课程指引下的语文课堂教学中，优化教学语言已是势在必行，而且也成为一个非常值得探讨的话题，我想每一位从事语文教学的教师都应该做出思索，如何优化自己的教学语言。笔者在这方面做了研究和探讨，结合自身教学实践，参阅大量资料，尝试着归纳出以下几点。

（一）重"知识性"，要言之有物

韩愈早在《师说》中就提到："师者，传道授业解惑也。"尽管这句话的内涵到今天已有了很大的改变，但我以为，能否真正给学生传授知识，始终应是检验一堂课优劣的重要标准。语文课堂是丰富多彩的，可以有游戏，有歌声，有舞蹈，但绝不可以完全没有知识的痕迹。一切先进的教学手段，精彩的教学设计都是帮助学生更好地掌握知识，我们的教学语言也是为此服务的。我们的学生尤其是小学生大部分学习自觉性还较差，要想普遍地培养他们课外坚持自学的习惯是不容易的。尤其是语文学科中口头预习、复习这样的"软任务"，是极易被他们忽视的。因而，对于大部分学生来说，课堂仍旧是他们学习、掌握知识的主要场所，而渗透着教学目标、教学内容的教师课堂语言，则是他们定向思维的主要导向，由此便要求教师的课堂语言必须具有高度的知识性和大容量性。即，要言之有物。"物"是指语文教学的具体内容。在语文教学中，教师讲课不应夸夸其谈、信口开河、空发议论、离题太远，如有这样的老师也是一种悲哀，他们往往讲得口若悬河，口干舌燥，却是领着学生在知识的起跑线上南辕北辙。

还有非常值得注意的一点是"知识性"和"时代性"的关系。这在上面已经提到了，在这个知识爆炸的年代里出生、成长的学生，他们对新生事物有着天然的敏锐性和感悟能力，不断有新信息充实着他们的知识结构。在基本知识和基本技能的传授和培养上，教师也许还保持着原有的优势，然而，语文课堂是包罗万象的，学生会对你有"突然袭击"。我们不得不承认，在自身的知识结构中也存在薄弱环节，这就要求我们尊重和了解学生的兴趣和爱好，针对他们的知识特点做必要的知识储备，这样你在课堂上的教学语言才能收放自如。

（二）重"条理性"，要言之有序

先请看《第一场雪》的教学片段：

师：同学们，你们都看到过大雪，谁能说说下雪时的情况？并说说，雪有什么好处？

（学生回答，略）

师：同学们知道得真多，前人也有许多咏雪的佳句，如："忽如一夜春风来，千树万树梨花开"、"燕山雪花大如席"等等，今天我们就来学习一篇写雪的文章，看别人是怎么写雪的。同学们已经预习了课文，谁来说说课文写了什么内容，按什么顺序写的？

（学生回答，略）

师：那同学们找出自己喜欢的段落，联系自己的生活经验，领略作者笔下的雪景，说出你喜欢的原因。先独立学习，然后小组交流，最后在班级汇报。

（同学们认真读文，标记、思考、热烈讨论）

师：同学们学得真认真，哪组先来汇报？

（学生汇报）

师：说得太好了，既然作者写得这么美，我们又非常喜欢，大家就美美地读一读，读出景色的美，读出作者的喜悦之情。

（学生反复诵读课文，互相评价）

师：同学们读得真棒！老师都已经陶醉了！现在我们归纳一下，要写好这类文章，有什么规律？可以自己思考，也可以小组讨论。

（学生七嘴八舌，议论纷纷，最后意见趋向一致）

师：对！学了一篇文章，总结出这一类文章的写法，希望我们以后写这种类型文章的时候也可以借鉴这种写法，写出优美的文章来，供大家欣赏。回去把自己喜欢的句子背下来，再搜集一些古人写雪的句子，看谁搜集得多。

这位老师的课堂教学充分体现了教学语言的条理性。他先调动学生已有的生活经验导入新课，激发起学生的学习兴趣；接着检查预习情况，为课文学习"热身"；然后在充分尊重学生学习自主性的基础上布置自学任务，检查反馈；在学生对课文已经有了初步感悟的基础上，建议学生品读，朗读教学水到渠成；最后再由感性认识上升到理性认识，总结规律，培养能力。这节课无疑获得了较好的教学效果，这都要归功于教者讲得有"序"。

"序"是指语文教学语言的逻辑性。在语文教学中，教师应该对每课教材做深入钻研和细致分析，弄清要讲的语文知识的来龙去脉，掌握其确切的含义和规律，精心组织教学语言解读，确定怎样开头，怎样过渡，怎样结尾。只有思路井然有序，讲解才会条理清晰，学生在重点、难点等关键问题上才能够得到透彻的理解。反之，教者本身的教学语言缺乏条理性，"指哪打哪""东一榔头西一棒"，在这样的语言控制下的课堂岂不像一盘散沙？

(三) 重"形象性"，要言之有情

教学语言的形象性体现了一个教师对教材、教育对象的正确把握和分析。针对不同学生，不同文体、不同内容、不同风格的文章，要采用不同的教学语言。如对低年级学生，语文教学语言应形象、具体、亲切、有趣味性；对高年级的学生，语文教学语言应深刻、明朗、隽永、有哲理性。举个最简单的例子：上课了，你对低年级小朋友的问候语应该带着鞠萍姐姐式的微笑："小朋友们好。"而面对六年级的学生，很温和地说一声："同学们好。"他们更能接受。讲议论文，应多用议论分析的语言，要严密，有力度；讲抒情文，应多用深情的语言，要华丽，有激情。朗读课文，高兴、激昂的时候，声音就高一些；深沉悲哀的地方，声音就低一些。这样，不仅使得课堂教学富于变化，而且能启发学生较好地把握课文，体验课文所表达的感情。

教学语言的形象性也体现了一个教师的语言修养。英国教育家吉尔伯特海特认为，如果一个人善于运用语言，即使他是个二流的学者，也可能成为一个优秀的教师，否则，即使他很有才华和灵气，也不能成为一个合格的教师。一个同样的问题，语言表达方式不同，获得的效果也不同：教师的语言，可能会成为诱导学生积极思考、学习的"兴奋剂"，也可能成为学生恹恹欲睡或呼呼大睡的"催眠曲"。学生是最容易受感染和最善于模仿的，一个教学语言充满感情的老师会给孩子一个充满感情的课堂，在这样的课堂上，他们幼小的心灵会因为卖火柴的小女孩而颤抖、哀伤；会因为烈火焚身的邱少云而崇拜、敬仰；会因为北京申奥成功而欢欣、鼓舞。反之，则会出现这样的情况：

上课铃响了。

"又是语文课，真没劲。"我边嘀咕边拿出语文书随手扔到桌上。

门开了，老师慢吞吞走了进来，从门口到讲台不到2米，她一共走了7步。

讲台上堆着备课手册、教科书、参考书、《新华字典》等。好容易开始讲课了，声音很轻。她问："谁愿意把课文读一下？"我不想读，所以没动。

出乎意料，竟然没人举手，最后，老师只好自己开始读了，读得很慢，声音拉得很长，好容易我听老师读完了一段，好在第一段只有四句话。

文章进入高潮，老师还是那么不紧不慢的……

我抬头转向窗外，看着天空中漂浮的朵朵白云，不禁想起下午要看的影片《云飘飘》来，这部片子讲什么呢？侦探片？武打片？……

敬爱的读者，当你听了这个学生的内心告白，你会有什么想法呢？他眼中的这位老师是否合格呢？最起码，她的教学语言不合格。一个言之有情，懂得运用情感管理法则进行教学的教师会在教学的整个过程或教学的主要环节里有效地激发学生的学习兴趣，动之以情，授之以法，让学生的大脑在 45 分钟之内都保持高度的兴奋，思维高度活跃，探求知识热情高涨，那他面对的将是"小手如林"，"争先恐后"，"跃跃欲试"，而一个不懂得运用情感管理法则进行教学的教师面对的必然是"冷冷清清""我行我素"。

富有情感的教学语言更能架起师生间心灵沟通的桥梁。这一点，尤为鲜明地体现在对学生的评价上。当一个孩子站起来，结结巴巴，无法把话说通顺时，你很不耐烦地喝道："怎么连个简单的句子都说不周全，真笨！"孩子会沮丧地低下小脑袋，下一次，面对你的提问，他的小手再也不敢举起来了。如果你轻轻地走到他身边，温和地说："别着急，相信你肯定能把自己心里想的说出来。"说不定你真的会听到一段精彩的发言，就算他这次答得不理想，肯定还会期待着获得下次答题的机会，以回报老师对自己的信任。我们常说，不要吝惜表扬，因为一句表扬会点亮一颗幼小的心灵；也不要动辄批评，因为你不经意的语言也许会浇灭一簇希望的火苗。一个富有爱心的教师会用充满情感的教学语言走进孩子的内心世界。

（四）重"创造性"，要言之有启

思维规律告诉我们，思维启动往往从惊奇和疑问开始。语文课教学中，教师要善于激发学生主体意识，增强其学习的内动力，引导学生质疑问题，多为学生制造悬念和创设意境，激发学生思维的积极性和求知渴望，使他们融会贯通地掌握知识并发展智力。为此，教师课前要设计好预习习题和课上提问问题，让学生带着问题去看书，去听课。课堂上要注意循循善诱，因势利导，深入浅出，多用疑问性提问、疏导性提问、铺垫性提问，使学生在老师的引导下受到启迪，探求新知识，掌握新内容。那些早已在教学实践的检验下被否认的"是不是？""对不对？"等没有丝毫启发性和思考性的语言应该赶紧从我们的课堂上销声匿迹。教师在语文课堂上的每一个问题都应该是有价值的，经过精心设计和思索的，而非"随口拈来"。

例如在教学《穿山甲问路》一课时，学生通过学习明白了"路就在自己脚下"的道理。教师没有就此给这节课画上句号，而是追问一句："这里的路除了指穿山甲回家的路，还可以指什么路？"课堂上有一小会沉寂，一个学生站起来答："可以指我们的学习之路，学习要靠自己，所以学习的路也在自己脚下。"一石激起千层浪，学生思维的闸门打开了，你听，那一句句话语都充满了灵性："这条路是人生之路。""是一条幸福之路""是成功之路。"……一句启发式的提问激起了一个小高潮，不仅活跃了课堂气氛，更充分给了学生自由发挥的空间，让他们更深入地了解了这个童话故事背后蕴藏的深刻道理。

再如在《"黑板"跑了》一课的教学中，教师板书课题后，问："读了课题，你想知道些什么？有什么想法都可以说出来。"学生纷纷提问："黑板怎么会跑呢？""难道它长了腿？""'黑板'上为什么要加上引号？"……教者让学生带着问题初读课文，学生迫不及待地打开课本读起来，因为他们心中有疑，想解答心中的疑惑成为学习的动力。

好多优秀教师在这方面的案例举不胜举，他们用富有启发式的语言激发了学生的求知欲和创新精神，培养学生的问题意识。他们的教学语言体现了以下特点：（1）尊重学生，给他们一个敢于提问的"胆"。小学生尤其是基础差、胆儿小的孩子，要在课堂上提问确实不容易，因为他们要承受被老师指责和惹同学发笑的风险。面对这样的孩子，教师的语言要传递出使显示自信的价值观，比如"只要是自己动脑筋想出来的，都可以问。""你能提问题了，真不简单！"这样的鼓励，会使学生敢于把内心的疑问大胆地提出来。（2）引导学生，给他们善于提问题的"脑"。常言道：授人以鱼，只供一餐所需；而授人以渔，终身受用不尽。教师要在平时的教学中逐步渗透给学生提问题的方法，这样他们可以找到问题的来源，能够提出一些有价值的问题。

最后，我想到了一句话：人们常说，教师是吃"开口饭"的。这句话虽通俗，却再次验证了教学语言对于教师的重要性。一个优秀的教师的语言魅力就在于他能够在教学过程中化深奥为浅显，化抽象为具体，化平淡为神奇，从而激发起学生学习的兴趣，引起学生的注意力和求知欲，最终使教学的过程更加趋于科学、实效，从而更好地实现语文课堂教学的优化。新课标指引下的语文课堂教学呼唤着科学美与艺术美的高度统一，而能够使这种完美统一得以展现的中间媒介，便是语文教师规范优美的课堂教学语言。因而从某种意义上说，语文课堂教学艺术首先是语文教学语言艺术，优化教学语言也就是追求这种艺术境界。"路漫漫其修远兮，吾将上下而求索"，我想，这是每一位语文教育工作者都应孜孜以求，为之努力的。

"教学语言"是一个内涵丰富、辐射面极广的话题，来探索这样一个话题，对于我这样一个年轻教师来说，可能理论水平和教学经验还远远不够，所以文章中肯定有不少不足和稚嫩之处。然而，正因为我年轻，我对自己的语文教学工作充满了探索的热情，我想，我意识到了教学语言的重要性，也做出了认真的思索，并做了大量的准备工作，有了上面这段不太成熟的文字，那么，我在教育殿堂里就又前进了一步。

教师简介

陈红芳，女，1997年7月毕业于高邮师范，本科学历。1998~1999年度被评为区优秀班主任；1999~2000年度，2002~2003年度两次获区政府嘉奖；2002、2003连续两年在区中小学教师教学实绩评优活动中获教学实绩奖。从教以来，曾多次执教区语、数公开课并获得好评。《红花绿叶，相得益彰》、《给我一元钱》等数篇论文在市级评比中获奖；语文教学课件《我叫足球》获市一等奖。先后在《小学语文教师》发表了《表扬》、《我的眼睛里有个你》等文章。曾参与了两册《口语交际》教材和《快乐语文》一书的编写工作。在多年来的低年级教学实践中，作者始终坚信：只要有阳光的照射，每一滴小水珠都会折射出璀璨的光芒。

教师怎样关注学生课堂生活

泰州市城东中心小学 郑丽萍

摘要：随着新课程标准的实施，越来越多的教师意识到要变课堂教学为课堂生活，本文从四个方面简要阐述了教师在课堂中应如何关注学生的感受，让学生表达自主的情感与态度，展示他们对知识的认知与构建的过程。

关键词：关注 欣赏 重视 接纳 满足

也许很多老师曾经有过这样的经历，当自己上完一堂课后会很满意地总结：这一节课效果不错，学生配合得很好。如果课堂不是那么妙，则会埋怨学生配合得不好。其实，我们只要稍加思考，就会发现这一现象体现了教师的一种角色意识。在这样的课堂里，教师预设的教案能顺利实施，于是，按照自己的思路来展开教学，学生在课堂里的任务就是处处揣摩老师的意图，配合老师完成好这堂课，而学生自己此时在哪里呢？他们是一种什么状态？他们又需要些什么？这些最基本的东西，往往被我们老师忽略了。

随着新课程标准的实施，教师的角色已经发生了根本性的变化，越来越多的教师意识到要变课堂教学为课堂生活。什么是课堂生活呢？我的理解是课堂不仅是掌握知识的场所，更是发现知识的地方。既然是生活，就不应该矫揉造作，而应实实在在地关注学生的感受，让学生随时在课堂内表达自主的情感与态度，展示他们对知识的认知与构建的过程。可以说，课堂生活是从学生"学"的角度去审视课堂教学活动，充分体现以人为本、以学生为主体的建构主义学习理论。那么，在实际教学过程中，教师怎样做才能真正成为学生学习活动的组织者、引导者与合作者？怎样才能做到关注学生的需要，提高学生课堂生活质量，让学生自己也能成为新的教学生长点呢？

一、关注学生的表现

学生的表现有时只是一个细节，但这些细节背后蕴藏的是他们最真实最原始的想法。老师如果能够关注到学生这些细节表现，然后根据这些情况而机智地改变自己的教学行为，就有可能收到意想不到的效果。

在"约数和倍数"一课中，在课堂的结束阶段，A老师设计了一个游戏，那就是：介绍学号，要求用所学的知识来介绍自己的学号，看谁说得多。刚开始学生们说得很好，比如1是自然数，它既不是质数，也不是合数等等。但没过一会儿，细心的A老师就发现有一桌同学好像对此不感兴趣，悄悄在下面互相说着什么，神情还挺专注、挺兴奋的。老师想用眼神制止他们的行为，但这两个孩子依然我行我素，A老师干脆停下来认真地问："你们在讨论什么，能告诉我吗？"没想到这两位同学真的提出一个建议："老师，如果用'幸运52'中的你说我猜的方式那就更好了。"A老师心里一动：是啊，这样岂不更好吗？老师马上作出决定："行，就按你们说的办。"接下来，学生说得更带劲，也更精彩了。就这样，已近尾声的课堂又掀起了一个高潮。

二、欣赏学生的想法

作为老师应该了解孩子眼里的数学与成人眼里的数学是不一样的。学生可能会有很多怪想法，这些想法可能不是纯数学的东西，但体现了孩子可贵的思维。教师如果能够欣赏孩子们的这些想法，不但能启发他们的智慧，更能保护好他们后继学习的能力。

在学习《长方体的认识》一课中，B老师为了发散学生的思维，让学生闭上眼睛想一想，你能看到哪些长方体的物品？

生1：我看见了一个长方体的粉笔盒。

生2：天气真热，我看见了一个长方体的冰砖。

生3：我看见计算机的主机是长方体，我正敲打着长方体的键盘。

……

最后有一个学生站起来很响亮地回答："我看见面前有许多沓100块厚厚的钞票，它们都是长方体的。"教室里顿时哄堂大笑。

老师也笑了，但没有发火，而是用欣赏的口吻说了一句："你的回答让我吃惊，那你能不能告诉同学们，你为什么想到有许多的钞票呢？"

"因为我看见电视上报道有许多山区的小孩穷得都没学上，如果我有好多钱，就统统捐给希望工程，这样他们也能上学了。"

教室里响起了热烈的掌声。在学生眼里，学数学是一件多么有趣、有意义的事情啊！假如我们总按成人的思路去上课，你能听到这么精彩的语言吗？

三、重视学生的问题

学生如果在课堂里向老师提出问题，老师会怎样对待？这个时候，老师的态度显得非常重要。学生如果向老师提出问题没有受到应有的尊重，很可能影响到学生以后的学习，也许会从此失去提问的兴趣和勇气，成为一个不善思考的人。所以学生提出的问题受到老师的何种待遇，是至关重要的。

在 C 老师的课上，学完"25 减 4"以后，老师让学生提出自己不懂的问题。有个同学问到："老师，4 能减 25 吗？"这个问题，老师事先没有想到的，但 C 老师并没有一语带过，这个质疑环节不只是一种形式。C 老师一边思索着，一边问学生："对啊，4 能减 25 吗？"

这个问题一下子引起了孩子们热烈的讨论.接下来让我们看看这些六七岁的孩子是如何解决这个初中生的问题：

生 1：不能减，因为 4 比 25 小。

生 2：不能减，一减就不知道等于几了。

生 3：可以想想办法减。

生 4：可以先借一个数来减。

生 5：可以借 25 来减，4 还差 21。

生 6：我知道，等于－21！

在这里，C 老师充分重视了这个问题，并且巧妙地借助了学生的智慧解决了，这种做法值得借鉴。

四、接纳学生的意见

千万不要以为，只有老师才是学生的传授者。事实上，一个老师能够虚心地向学生学习，他也会受益匪浅，这恐怕就是人们常说的"教学相长"吧。

一年级的 D 老师在课堂中设计了一道开放题：上面有 7 个苹果，下面有 3 个苹果，想个方法，怎样才能使上下的苹果一样多。在老师的启发引导下，学生很快想出了方法，而且都是 D 老师事先想到的，就在老师很满意地总结方法的时候，有一个孩子提出了一个出乎意料的方法："老师，我喜欢吃苹果，我把他们全部吃光，那上下也一样多了。"D 老师首先肯定了这个学生的方法，并顺着这个话题，D 老师很诚恳地说："这个方法老师也没有想到，在这里老师很佩服生 1，他又教会了我一种新的办法。希望每一位学生都要向生 1 同学一样，不迷信老师，遇到问题有自己的思考。"

五、满足学生的需要

课堂上一定要解放学生的手、学生的口、学生的脑，给他们思考的时间与空间。要知道，孩子的大脑不是一个个等待填满的容器，而是一支支需要点燃的火把。在课堂上，学生想研究什么问题，想用什么方式去研究，有多少种不同的方法去尝试，教师能不能最大限度的满足学生的这些需要，也是教师关注学生课堂生活的一种重要体现。

学习了测量知识以后，E老师布置学生回家测量自己的腰围。第二天汇报时，有个学生突然问："老师，您的腰围是多少？"同学们顿时一阵哄笑，他们笑得那么开心，是因为E老师比较胖。但是E老师却比较坦诚，虽然事先没有想到，但她还是笑着说："你们先估计一下。"

同学们估了一阵，老师又说："估得准不准，还得动手量量。但老师这儿只有直尺，没有卷尺，怎么办？"

没有解决不了的问题，孩子们又动起了脑筋。

生1跑上讲台，拿着米尺，小心谨慎地把E老师的腰估摸着绕了一圈，是84厘米。

生2说："我想用一张长长的纸条，对着米尺，把刻度画下来，就可以当卷尺用了。"

生3说："我可以拿一根绳子，围着你的腰绕一圈，再量这根绳子就可以了。"

这已是老师心目中理想的答案了，正准备结束这段插曲时，发现仍然有小手执拗地举着，决定再给他们回答的机会。

生4说："只要把老师的皮带取下，量一量就知道了。"

生5接着说："我一口乍有10厘米长，量量你的腰围有几乍就行了。"

这些都是老师没有想到的答案。

就这样，孩子们用他们想出来的各种方法，在老师的腰上折腾了好一阵，最后得出一个结论："老师，您要减肥了。"

由于学生的需要得到了最大限度的满足，学生学得特别生动，智慧也得到了充分的展示。同时，我们老师也再次感受到了学生身上不可估量的创造力。

教师简介

郑丽萍，1993 年 7 月参加工作，学历大专。中共党员，小学高级教师。江苏省泰州市城东中心小学教科室副主任。从事小学高年级数学教学。十多年来，积极投身于教育改革的浪潮中，形成了具有个人特色的课堂教学风格。课堂中注重学生的自主探究，利用灵活的教学方法和先进的教学设备，尽可能地让学生乐学、爱学、好学，课堂气氛活跃、民主、和谐，教学效果突出。连续三次获海陵区教学实绩评优，多次获政府嘉奖。曾多次承担区级、市级的公开课、观摩课、研讨课。2001 年《圆的认识》一课获区级优质课评比一等奖。《美丽的轴对称图形》一课获市级优质课评比一等奖。有多篇论文相继发表在各类省级刊物上。《学生解题能力思维训练》发表于《小学数学教师》，《圆的周长课堂实录及其评析》发表于《中小学数学教师》，《从一道实验题谈改变观念教学》，《从一道实验题谈小学生创新能力的培养》相继发表于《湖南教育》，《关注学生的课堂生活》一文获 2002 年省教育学会论文评比二等奖，《新课程理念下两种教学语言的对比》获 2005 年市级论文评比一等奖。作者悟语：在今后的教海探航中将不断地反思自我、提升自我、超越自我、实现自我。

亲历学习过程 在体验中成长

福建省福州实验小学 林 钦

摘要：《数学课程标准》指出：要强调从学生已有的生活经验出发，让学生亲身经历实际问题抽象成数学模型并进行解释和应用的过程。因此，在小学数学教学中，我们需要提倡"体验探究、体现经历"的教学策略。这种教学策略是指"通过实践来认识周围的事物"，使学生个体在数学活动中，通过行为、认知和情感的参与，丰富自己学习经历和经验，并获得对数学事实和经验的理性认知。

关键词： 生活 经历 体验

当前数学教育家提倡一个重要观点——做数学。它强调学生学习数学是一个现实的经验、理解和反思的过程，认为学生的实践、探索与思考是学生理解数学的重要条件。正如荷兰著名数学教育家费赖登塔尔所说："数学是人的一种活动，如同游泳一样，要在游泳中学会游泳。"因此，我们必须鼓励学生在生活实践中"做数学"，让学生在"做"中发现，"做"中感悟，"做"中解决，"做"中创造。

一、创设生活情境，在导入中体会生活化数学

一般来说，数学知识都可以在生活中找到原型，而学生对现实世界的认识也并非是一张白纸，在他们的现实生活世界中蕴藏着巨大甚至是无穷无尽的教育资源。所以新课标强调要从学生已有的生活经验出发，这恰恰是让学生体会数学知识价值的绝好机会。例如，在教学"百分数的认识"之前，他们已经积累了生活中丰富多彩的百分数信息，因此可以让学生事先收集这些信息，通过汇报交流，初步感知百分数的意义。又如，在教学"升和毫升"时，教师通过事先让学生去商店、超市观察、收集与"升和毫升"相关的数据资料进行导入，既激起了学生的学习积极性、主动性，又使学生深刻感受到数学知识就在我们身边，运用数学知识就能改变我们的生活，充分理解数学的学习用途。

二、经历知识产生的过程，体验学习的必要性

让学生经历数学知识的产生过程，在数学学习中感受到从具体生活抽

象成数学形式再回归到生活的过程，突出数学的实效性和美感，是现代小学数学课程改革所强调的重要理念。所以在教学中教师应创设问题情境，造成学生的"认知冲突"，使学生产生"创造"新知识的需求和欲望，经历知识的产生过程，体验学习数学知识的必要性。如学习长度单位"厘米"时，可引导学生经历测量课本、课桌的过程，使学生体验到不规定统一的长度单位无法交流和表达时，教师再告诉学生"厘米"的知识，这样使学生不但知道了"厘米"是什么，而且还明白了为什么要学习"厘米"。又如，教学"认识几分之一"时，教师从学生现实学习状况入手，一开始先调动学生对分数已有的认知：你对分数了解多少？并且通过指导学生看书（书上有分数的产生过程），从人类的发展史来感知分数的产生，让学生体验数学的一种美感。

三、优化数学操作活动，在实践中体验

在数学教学中，经常会碰到一些学生难以理解的知识，尽管教师费很大的劲解释，学生还是似懂非懂。在这种情况下，教师就没有必要做一些机械重复的知识讲解，知识讲得越多，学生越不明白，而应主要让学生自悟自得，把重点转移到如何使抽象的数学知识转变为学生可体验的、看得见、摸得着的事实上。而爱玩是孩子的天性，教师要提供"玩"的机会，让学生在动脑、动手、合作交流中做数学，用观察、类比、实验、猜想、验证等手段收集材料，获得体验，将生活中的有关数学现象加以总结与升华，丰富与发展学生的经验，逐步建构起较为规范化、系统化的数学知识。

皮亚杰说：动作性的活动对学生理解空间观念起到无比巨大的作用。以"升和毫升"这节课为例，作为一节几何概念课，执教者很容易"让我轻轻地告诉你"，觉得让学生知道这两个单位及其和立方分米、立方厘米的关系，还有之间的进率就"功德圆满"了。其实不然，由于"升和毫升"计量的对象是液体，液体是无形的，不好估测，因此，它有着更本质、更接近生命需求的一面，即在年幼的大脑里稳固地建立起这两个单位的空间表象，形成一定的空间观念，而这些要依赖于生动活泼富有个性的"体验学习"。为了让学生对"升和毫升"体验的更细腻、更丰富，教师设计了如下一系列的操作体验活动：（1）用 1 升水估计容器的容积；（2）把 1 升水倒入相同的一次性杯子中，猜猜能倒满几杯；（3）利用参照物，猜测一次性杯子的容积并验证；（4）用汤匙舀几次才能把 1 次性杯子里的水舀完，计算 1 汤匙大约有多少水；（5）观察用针筒吸入的 1 毫升水，并实验

1 毫升水能滴多少滴； （6）喝一喝：先估一估喝了多少，再算一算，喝一口大约有多少毫升，要喝完整瓶水大约要几口。这样在"吃喝玩乐"而又不失"数学味"的轻松有趣的活动中，孕育着、启发着对"升和毫升"的深邃的体验，使"升和毫升"进入了孩子的知识世界，满足了孩子们的"最近学习需求"。

四、在解决实际问题中，感受数学的价值

数学是一门应用非常广泛的学科，小学数学中的许多知识也都直接地被应用于人们的生活领域和生产实际。把数学知识的应用价值揭示出来，让数学回归生活，可以激发学生的学习兴趣，并获得学以致用的积极情感体验。

例如：学完"最大公约数"后，让学生设计一个用方砖铺教室地面的方案。（教室的长是 7.5 米，宽是 6.5 米。）经过小组的研究、计算后，设计出：用 30 厘米×30 厘米、40 厘米×40 厘米、50 厘米×50 厘米、60 厘米×60 厘米等规格的方砖铺地几种方案。再经过学生的思维激荡和交流，最后选出 50 厘米×50 厘米的方案。理由是：选用这种方案，可以全部都用整个的方砖，既美观，又便于铺贴。还有的学生说出：不用浪费方砖，比较经济实惠的创造性说法。在这样的学习过程中，不仅使学生获得数学知识，学会用数学知识去解决实际问题，而且更为重要的是：使学生认识到数学原来就来自我们身边的现实世界，是认识和解决我们生活和工作中问题的有力武器；同时也获得进行数学探究的切身体验和能力。

"纸上得来终觉浅，绝知此事须躬行"，倡导数学教学生活化，就要让学生亲身经历学习的过程，在体验中丰富他们的生活经验，在实践中运用知识、盘活知识，通过实际问题的解决使他们再探索、再创造、再提高。

当然，重视学生的学习过程，其"数学知识"的总量肯定比以往要减少，而且探索的经历意味着学生要面临很多困惑、挫折，甚至失败。学生也可能在花了很多时间和精力之后结果并不理想，但这些是学生成长、发展、创造所必须经历的过程，在这样的过程中所耗费的时间和精力可以说是值得付出的，因为留给学生的可能是一些对他们终生有用的东西，是一种难以言说的丰厚回报。

教师简介

　　林　钦，女，福建省福州实验小学教师，一级职称，本科学历。中国共产党预备党员。1998 年 9 月参加工作至今，一直从事小学数学教学和班主任工作。1999 年参加省高年级课堂教学电视观摩比赛，所执教的《异分母分数加减法》获二等奖；2001 年《三角形面积的计算》获省第五届小学数学研讨会说课比赛一等奖；在教学中，重视和学生的交流和数学思维能力的培养，提倡"体验探究、体现经历"的教学策略。2004 年执教的《百分数的意义和写法》获省第六届小学数学课堂教学观摩研讨会优质课评选一等奖，同时本节课还在省特级教师教育教学研讨会和新加坡教育访问团来华交流会上交流，并获得好评。2005 年 5 月受省电教馆邀请参加人教版实验教材（四年级：平行四边形和梯形）的拍摄并入选中央电教馆。有多篇论文在省市级比赛中获奖。教学之余，还十分关注学生身心的全面健康的发展，构建宽松、愉悦的学习氛围，形成良好、新型的师生关系。曾被评为校级、市级先进教育工作者，校优秀班主任，省优秀团员。

课堂教学改革的现实呈现
——互评是促进英语教学的法宝之一

福建省福州实验小学 任 妍

摘要： 在推进课改教学过程中，以学生课堂学习的相互评价为突破口，把学生引导到评价中去，把评价的权利交给学生，让学生在评价中交流，在交流中学习，在学习中发展，落实学生在课堂上的主体地位，培养学生自主学习能力和创新精神。

关键词： 互相的评价研究 实践 现实呈现

一、为什么要进行学生课堂互相评价

课堂评价是一个收集、综合和分析信息的过程，是了解学生的各项技能发展水平和发展潜力等信息的过程。根据"多元智能理论"(the theory of multiple intelligences)的阐述，人类的智能体系中包含了人际关系智能(interpersonal intelligence)，这是指能有效地理解别人和与人交往的能力。由于近几年来西方文化已经开始认识到心智与身体间的联系，所以人们开始重视精通人际交往行为的重要价值，体现在生活中，这项智能可以使我们了解别人，与别人沟通，注意他人的情绪、气质、动机和技能方面的差异。深化到课堂教学中，我们不难发现，擅长人际关系技巧的学生喜欢和年龄相仿或不同类型的人交往。由于具有影响同伴的能力，他们在小组工作、集体攻关和合作中经常有优异的表现；同时一些缺乏自信或低自尊的学生，通过那些乐于社会交往学生的帮助，双方共同营造"同伴支持网络"(partner supported net)，从而成就了一个有凝聚力的团体，他们自身亦提升自尊，发展友谊，促进学业。

传统课堂教学大多采用"教师问—学生答—教师终结性评价"的模式，教师成了课堂评价的"主宰"。反观现代中学生特别是初中生的情绪特点，他们的情绪易兴奋强烈，而且极不稳定，很容易从一个极端走向另一个极端，有时当他们处在热情洋溢的时候，如果受到教师不当评价的挫折，就很容易灰心丧气。比如：有一次我让学生将"I come from China."改为一般疑问句，大部分人能正确进行转换，于是我换成"I am from China."原本我

的出发点是想让学生顺便复习一下以往的句型，没想到叫起一个学习程度中等的学生以后，他竟然回答"Do you from china?"当时，我一着急，马上接口："怎么会用 do 呢？原句中的 be 动词为什么不用呢？"几个问题下去，虽然没有直接说"你错了"，但很多学生包括他也知道自己犯了低级错误，只是这个"知错"的过程对他来说太快了，他立即羞红了脸，低下了头。其实现在反思一下，如果当时让学生之间采用一种互相评价的方式，或许犯类似错误的人不止他一个，大家互相分担这份尴尬、互相指正效果肯定比我当时的直接评价要好得多。

引导学生互相评价，能使学习的整个过程都确实以学生为主体，充分发挥学生的主观能动性。苏霍姆林斯基说，在人的心灵深处都有一种根深蒂固的需要，这就是希望感到自己是一个发现者、研究者、探索者，而这种需要正是学生在精神上特别强烈需求的。引导学生到评价的过程中，正是为学生提供了发现、研究、探索的空间。学生在评价的过程中，倾听别人发言，进行评价交流，深入学习，最终获得知识，这也正是布鲁纳所说的"知识的学习"的一种手段。因此学生课堂上的互相评价也是他们展开自主学习的过程。

二、怎样引导学生进行课堂互相评价

(一) 要让学生对互相评价产生兴趣

爱因斯坦说过："如果把学生的热情激发起来，那学校所规定的功课，会被当作一种礼物来接受。"对教师而言，为学生创设了一个学习和生活的"聪明环境"，其重要性就不言而喻了。因此在进行试验前，我先抽出一些时间来考虑目前的硬软环境。硬环境包括了书籍、磁带、学习栏、光荣树等；软环境包括了为学生树立学习对手，提供可取长补短的小组组合，尽力创设同学间相互交往的机会等。我相信，置身于积极、充满刺激和互相作用的环境里，教与学的双方才能够持续地、长期地、稳固地促进心智能力的发展。

做好环境创设的准备工作之后，我就循序渐进地在课堂上进行合作评价的改革试验。从教师方面来讲，我逐步改掉以前较为模式化的"复习—新课—练习"的课堂教学形式，多为学生创设情景，如 shopping, visiting, asking for help, talking about the weather, the family 等等，同时串联各课的对话，引入游戏，也就是多为学生提供表现的机会，调动他们参与评价的积极性。

另外，从学生的角度着手，我并不追求一蹴而就的效果。我用一周的时间让同桌两人进行互相评价，此时他们之间的交流都比较从容自然。接着再用三周的时间让四人小组进行讨论交流。这时问题就浮现出来，有表现过多、过分积极的；也有因害羞、内向而渐渐趋于沉默的，这一阶段的问题需要我们把握好处理的方式和方法。对于积极的学生应引导他向言简意赅的层次上发展、提高；相对消极的则更要多给机会，多用激励性的语言鼓励他们大胆说出自己的想法，只要有一点点进步，哪怕只是声音响亮了些，发音流利了点，就毫不吝啬地给予充分肯定。根据我的实践经验，这对他们树立评价的信心大有裨益。接下来再用一个月的时间将这种评价推广到整个小组，即三个四人小组之间的交流。我发现这个程度的交流难度竟是出乎意料的小。原来，小组活动他们常有，包括交作业、卫生劳动等，学生之间的接触较多，较少陌生感，加上之前有四人小组的锻炼，因而这个阶段只是相当于上个阶段的加强演练与适当加深。当然对于那些交际能力较强的学生来说，由于在准备工作时已在各组设立了他们的对手，因此这个阶段的评价对他们来说就特别的刺激，作为教师此时需要了解的就是他们的情绪，要让他们学会在评价中尊重他人，同时自己也能获得更多知识；而那些较为普通的学生，他们在小组里能感觉自己听到的评价多了，涉及面广了，如果能在小组里也发上言，自信心也就更足了。最后我把评价的面铺向全班。有了前面的评价经验，此时学生主动学习的空间大了，精神活力得到充分的释放，思想也就被激活了，因此能在轻松愉悦的学习交流中主动发言，积极互动。

（二）保证学生能充分地参与合作评价

由于现阶段我国教育体制总指挥棒方向尚未改变，成绩测试和终结性测试比较受到重视，在这种情况下，教师就要做到能牺牲暂时的小我，因为毕竟试验初始阶段总会碰到各种各样的困难与障碍，难免会影响学生而波及自己的"分数"，对于这一问题，我个人的原则是坚持给予学生充分的时间和空间，而少去考虑教师自身的"利益"。在传统教学时，往往教师"高谈阔论"，学生却"似懂非懂"，虽然教师很辛苦，但经常是事倍功半。现在，我充分注意到学生发展的潜在性、主动性和差异性，在课堂上保证学生有自主表现和发展的空间，着实地为每个学生提供积极参与课堂教学的机会。例如在做 shopping 的对话时，我为学生创设了一个 at the shop 的情景。有学生编了以下一组对话：

a: Hello! Can I help you?

b: Yes. I want some bananas.

a: How many do you want?

b: I want six.

a: Here you are.

b: Thanks.

针对这则对话，我让学生谈谈它的长处与不足。学生列出的长处有：售货员招呼恰当，顾客语言简洁，双方有礼貌等。列出的不足有：内容太少了，可以多加几种水果，如 pear, pineapple 等；没有询问价钱，他们建议可以加入 how much 的句型；有同学提出我们学过 could it be a little cheaper? 的说法，可以把它用于讨价还价；还有同学指出买东西经常要找钱，不妨加入 change 一词。顺着这些要求，我让学生再逐步拓展，最终呈现出以下这一则比较丰富的新对话：

a: hello! Can I help you?

b: Yes. I want some bananas.

a: How many do you want?

b: I want six. How much are they?

a: Two yuan a kilo.

b: Well, how much are my bananas?

a: They are three yuan fifty fen.

b: Ok, do you have any pears?

a: Yes. three yuan a kilo. do you want some?

b: Sure. Give me four pears, please.

a: Ok, five yuan, please.

b: Oh, the pineapples look nice. What's the price of them?

a: Four yuan a kilo.

b: Oh, I have so many fruit here. could they be a little cheaper?

a: Yeah, maybe I can give you three yuan fifty fen a kilo.

b: That's good. Give me two, please.

a: All right. Three yuan for them.

b: Ok, here are fifteen yuan.

a: Oh, thank you. Here's the change, three yuan fifty fen.

b: Thank you.

当然，从前一则对话到后一则对话的转变并不是三五分钟能完成，它在学生们不断的讨论、交流、改进中渐趋丰满，所以虽然这则对话的产生最终花了将近 20 分钟，我认为还是值得的。因为对话中体现了学生能掌握几个语言点，如 how many+ 复数名词，a little+ 形容词比较级，how much 除了用来问数量外，还可以问价格，以及一些交际用语，与此同时，也满足了他们在学习上的成就感，树立起他们学习的信心，这一点正是我们试验过程中需要达到的。

(三) 要教给学生正确的评价方法

我先让学生明确互相评价是一种互相学习的方法。它归根到底的作用还是为了促进学习，提高成绩。每个人都有自己的学习风格，他们并非全然独立，没有人的习惯或特质一定比别人好，他们只显示出某种差异。在合作评价时，一定要培养尊重个别差异的良好心态。在进行评价时，学生必须明确自己的角色与作用。评价者在评价之前，必须将对方的发言听清楚，根据发言内容进行思考，结合自己所学知识，选择适当措辞进行评价，然后再虚心地倾听别人的反馈意见。在进行评价时鼓励他们可以发表自己独特的见解；可以对问题的答案提出异议，据理力争；也可以在赞同别人的同时，说明自己的理由，补充自己的特点。总之我主张他们在课堂上能大胆地对其他人的表现进行全方位的评价，在班级中形成友好互助的学风。此外，要特别引导学生掌握评价的语气，内容要简洁，原因要准确清晰，解决办法要能有说服力等等。我相信这从另一方面来讲，也正好培养了学生逻辑思维、语言智能等多方面能力的发展。

三、课堂互相评价的结果

通过互相评价，课堂气氛活跃起来了，学生的主观能动性发挥出来了，对英语学习的兴趣有显著的提高，学习能力也得到加强，学习效果明显好于从前。现在学生口头表达能力明显提高。此外，通过互相评价，使课堂中心呈多元、灵活态势，促进学生自主独立地发展；学生在互相评价、共同讨论的过程中，学会了互相帮助、互相激励、互相交流、互相启发，也学会了合作，并在合作中发展；与此同时，学生通过各种评价正确认识自我、完善自我，从而促进了人格的发展。

教师简介

任 妍，女，1978 年生，英语大专学历，小学一级教师，1997 年参加工作，在黑龙江省齐齐哈尔市天齐小学任教，2004 年 9 月调入福建省福州实验小学任教。多年来一直担任小学英语教学，有丰富的教学经验，参加多种小学英语教法培训，有先进的教育理念，在全国首届小学英语优质课赛中获国家级三等奖。课例《Be careful!》在《小学英语课例评析》一书中刊登。在省小学英语优质课赛中《What colour is it ?》获一等奖。在省基础教育新课程教学展示活动中《What are you doing?》获一等奖。案例"让陈莫不再沉默"在大连出版社出版《小学课堂教学实施策略》一书中刊登。她在福州市首届小学英语赛讲中《I was two》获二等奖，撰写过多篇论文。任妍老师，为人师表，受到家长的赞扬，学生的爱戴，她秉承"不骄不躁，谦虚前进"的宗旨，为热爱的教育事业注入年轻的活力，百分的爱心。她指导的多名学生在全国小学英语竞赛中获奖，曾被评为"校优秀先进工作者""市小学英语学科带头人""市小学英语骨干教师""省小学英语教学能手""全国中小学优秀外语教师园丁"，刊登在中国教育报上。

注重朗读指导优化课堂教学

福建省福州实验小学　郑蓝华

摘要：在语文课堂教学中，如何优化课堂教学，促进教学改革，是我们广大教育工作者亟待深入研究的重要课题。教学中，应以学生为主体，充分调动学生的学习主动性，着力引导学生自读自悟，强化朗读指导与训练，感悟语言文字的内蕴。学生才能得到充分有效的训练，达到最优化的教学效果。

关键词：朗读情感

语文课程标准明确指出："朗读是阅读教学中最经常最重要的训练，各年级要重视朗读，充分发挥朗读对理解课文内容发展语言、陶冶情感的作用。"语文课的第一任务是让学生学习语言，而读是学习语言的重要途径之一。通过熟读、背诵，使书面语言内化为学生自己的语言，才能有效地提高学生理解、运用语言的能力。因而教学必须重视朗读的训练，加强对朗读的指导与训练。我们必须把教学立足点转移到以读为主的教学实践上来，恰当地，充分地运用朗读手段，将朗读训练贯穿于阅读教学始终，优化课堂教学效果，促进课堂教学改革。在朗读的指导与训练中，不仅要形式多样，而且要有层次，层层深入，引导学生读进文本世界，走进作者心灵。在广泛观察和大量实践的基础上，笔者认为可着重从以下几方面进行。

一、范读，感染情感

语文教学是高度情感化的活动，这种浓郁的情感性，自然更应当体现在课堂上教师声情并茂的范读之中。通过读，学生入情、移情、陶情。范读时，教师让自己首先入情，进到特定的情境中，然后融情入境，用一种极富感情色彩的语言，描绘出一种声情并茂的境界，进而移情于学生，使他们也深入到课文所描绘的境界中去，在如临其境，如见其人的境界中理解词语、体会作品的思想感情，受到熏陶。

比如在教学《丰碑》第 7 自然段时，我就注意发挥教师范读的作用。这是文中正面表现被冻死的军需处长的段落，体现军需处长的崇高精神。

教师先用投影显示老战士冻僵的形象画面，同时配乐声情并茂地范读这个自然段。低婉悲壮的音乐在教室里回荡，屏幕上现出了云中山上这壮烈的一幕，学生渐入佳境，崇敬之情油然而生。读完了，我问学生："老战士临死前的神态为什么这样镇定、安详?"学生在教师的情感感染下，感受到军需处长崇高的品质："把生的希望让给别人，把死的威胁留给自己"，引起了强烈的共鸣。此时趁热打铁，再次让学生朗读写军需处长牺牲的这一段落，学生的情感再次激发，也饱含深情地齐读起来。正如人们所说的，情感的共鸣能使简单的情感丰富化，肤浅的情感深沉化。

教学中，范读还要把握恰当的时机，可在学生遇到困难不能解决时范读；为了让学生进一步体会文章内容时范读全文；为解决难点范读一些重点句段；也可以让学生范读。有时候只范读一句话，就可以起到制造气氛、渲染语境的作用，从而调动学生的情绪，激发学生的情感，应声而读下文。范读应当贯穿在教学的自然生成过程中，恰当地发挥作用，为优化课堂教学服务。

二、品读，感悟情感

指导学生朗读时，在初步感知课文后，就应该让学生沉浸在课文中，去体会作者遣词造句的妙处，感悟作品背后所蕴涵的情感，让学生在学习中品析自己喜欢的词句。除读出节奏，注重声调和音量外，还要满怀感情地读，读出文句中的情感，意境以及"弦外之音"等。学生通过绘声绘色地朗读，才能随着作者感情的跌宕、心潮的起伏、思维的翻腾去心领神会，他们在读中品味语意，在赏析中加以品读，从而加深对课文的理解。

《草船借箭》一文中写到当鲁肃吃惊地问诸葛亮，如果曹兵出来，怎么办时，诸葛亮笑着说："雾这样大，曹操一定不敢派兵出来。我们只管饮酒取乐，天亮了就回去。"教学该文时，我抓住这里的"笑"字，于平淡处设疑——"诸葛亮在笑谁?"这一问题激起学生的浓厚兴趣，他们围绕"笑"字畅所欲言，课堂彰显活力。学生根据自己的体悟，各抒己见，有的说诸葛亮在笑曹操的生性多疑、轻易中计，这是一种讽刺的笑、轻蔑的笑；有的说在笑周瑜的妒忌，阴谋落空，这是潇洒的笑、胜利的笑；有的说在笑鲁肃的多余担心、忠厚老实，这是宽厚的笑、幽默的笑。剖析这一"笑"，揭示诸多人物的性格，感悟到诸葛亮大智大勇、傲视群雄的英雄本色。在感悟、讨论、交流中，每一个学生发表了自己独特的见解，再通过朗读展现就水到渠成了，学生的感受、理解、欣赏、评价能力得到了综合提高。

课堂上，抓住文中最能体现作者思想感情、精神面貌的语段指导学生细细品读，就能准确地把握语言的特点和感悟文章所蕴涵的丰富而深刻的含义，训练学生的语感。

三、美读，表现情感

叶圣陶先生把有感情的朗读叫做"美读"，"设身处地，激昂处还它个激昂，委婉处还它个委婉……尽情发挥作者当时的情感，美读得其法，不但了解作者说些什么，而且与作者的心灵相通"。"美读"是一种美的创造，美的有声语言的创造，就是"读进去，读出来"，运用自己的思想感情读出作者的思想感情。

比如在教学《"诺曼底"号遇难记》这课时，我就很注重美读培养。课文中有一段描写船长在危急时刻大声吼喝的话。在学生体会船长伟大人格的时候，请同学根据自己的理解，有感情地读这段话。有的同学底气十足、嗓音洪亮，我就肯定他读出船长的临危不乱；有的同学读得铿锵有力，颇有气势，我就夸其读出船长的果断坚定；有的同学语速较快、声调较高，我就赞其读出了船长的高度责任感……学生融入自己情感的朗读，从各自不同的角度诠释了对船长精神品质的理解，但每个人都读出了对船长的赞美之情，增强了语感表达的丰富性、创造性。

当然，真正能读出感情来并不容易，课堂上需在朗读技巧上做必要的适当的指导，如停顿、轻重、缓急、语气等等。但这些指导不可能课课皆有，次次具备。因此，要精心选择朗读训练点，每次训练有个侧重点，锤锤敲打，锤锤有声。同时，学生一旦掌握技巧后，将举一反三，极大地提高朗读教学质量。

四、自读，培养情感

朗读能力的发展是循序渐进的，不可能一步到位。学生是学习的主体，教师在教学中要充分尊重学生的主体地位，激励学生自身阅读的愿望与激情。修订版课程标准中"正确、流利、有感情地朗读课文"清楚地规定了朗读教学的层次性和程序性。没有"正确"，不可能有"流利"；没有"流利"，也不可能"有感情"。在教学过程中，我们还应当创设读的情境，给学生足够的时间，指出大体的朗读要求：声音响亮，吐字清晰，读准字音，不读破句……为学生提供读的帮助，让学生自由地读、充分地读、读中体会、不断感悟。让学生在琅琅的读书声中，尽情领悟课文的优美境界，情感思想等，在自读自悟的基础上培养语感，发展语言。

总之，朗读的形式多种多样，范读、品读、评读、诵读、美读、角色读、表演读、竞赛读……多种形式相互吸引、相互碰撞、相互触发、争先表现，能营造浓烈的阅读氛围，促使每个学生的个性充分发展。阅读教学突出朗读，能使课堂充满活力；强化朗读能吸引学生主动融入阅读情境，感受语言的神奇、内容的丰富多彩、内蕴的意味绵长，感悟美、体验美，得到爱的抚慰、情的熏陶。从而促进学生阅读意识，能力与品质充分发展。朗读一旦成为学生的快乐，那么，就一定能唤起学生对阅读的深爱，阅读就会成为他们无限的乐趣和不断的追求。可见，教师只要多一些思考，精心设计，就能使朗读成为培养语感，学习语言，陶冶情操的艺术创造，艺术享受，让我们的语文课堂充满琅琅的读书声。

教师简介

郑蓝华，女，1977年出生，1997年参加工作，福建省福州实验小学一级教师，大学专科学历，现任校语文教研组副组长。十年教学中，潜心钻研，认真探索符合小学语文教学特点的新方法、新路子，力求形成亲切、自然有个人特色的教学风格。1998年参加福建省第二届阅读教学观摩比赛，执教的《爬山虎的脚》一课获得一等奖，同年该课教学设计及教后感悟《抓住教学重点突破教学难点》在《福建素质教育博览》上发表；执教的《丰碑》《圆明园的毁灭》《草船借箭》等课均受到好评；同时重视民族优秀文化对学生发展的效能，注重培养学生深厚的古诗文底蕴，其中《草船借箭》一课的教学在文莱华文讲师团来访时促进了国际之间的文化交流。平时注意积累教学经验得失，撰写的论文在省市级论文比赛中获奖。重视作文教学，提倡"让写作成为一种乐趣"，通过营造轻松、愉快的学习环境，引导孩子们在快乐中写作，多次指导学生习作，在省市、全国比赛中获奖。在教书之余，还十分注重学生的全面、健康发展。通过构建良好的师生关系，严于律己，用良好的人格魅力去影响学生，赢得了孩子们的喜爱，成为学生的"良师益友"，先后被评为"校先进教育工作者""校优秀班主任"及"市优秀辅导员"。

长春市西五小学美术分层教育教学解析

吉林省长春市西五小学　孔照满

体音美是义务教育必修的艺术教育学科课程，其基本任务与总目标是提高学生的体音美文化修养，培养感觉力和创造力，促成理性与情感的平衡，发展个性，完善人格，提高学生的人文素养，促进学生德、智、体、美全面发展。

艺术的生命在于创造，而且音乐美术的自由性和情意性为创造意识提供了最合适的环境，所以在美术教学中我们要注重学生创造力的培养。为此，在美术分层教学中我们将努力做到：充分开发、挖掘教材内容，抓住典型创造性教材内容，认真做好课前准备，真正让学生在创造表现中体验成功的快乐，从而形成愉悦式教学，让学生"在学中乐，在乐中学"。

美术分层教学给学生提供广阔的活动空间，突破教室的界限，实行开放性教学。教学中我们组织学生到生活中去，到大自然中去，充分利用社区和博物馆的条件，使学生从身边事物的直接经验中获得视觉概念，发展视觉艺术的认知和表现能力。

美术教学正在经历着与其他学科相互融合、交叉渗透的发展趋势，它在未来教育、环境教育、社会教育、科技教育、多元文化教育中发挥着越来越重要的作用，我们要顺应这一趋势，大胆进行教学改革，把美学作为统领各学科的灵魂，一改过去死板的教学模式，使之成为具有美学趣味的教学活动。为此，在美术分层教学中我们以兴趣的螺旋式发展的研究与实验，更加规范讲课、听课与评课制度，并做出客观的评价。

在美术分层教学中我们做好活动课教学，创造一切条件，为学生提供展示特长、展现自我的机会。美术课程的评价是促进学生全面发展，改进教师教学，促进美术课程不断发展的重要环节。我们本着合理的、科学的评价进行日常的教学活动。并进行体音美三科教学整合，分层次教学。在一节课中选用同一内容不同的方式进行教学，让孩子们在一节课中感受音乐、体育、美术同时带来的乐趣。对生活的感受，对生命的热爱，对未来的崇敬，对新课程给他们带来的快乐用行动和语言、智慧的双手来创造。

让我们的孩子学会用美术家的眼睛看待生活，用音乐家的双手弹奏生活，用奥运的精神创造生活。我们的孩子每天在社会、学校、家长的督促下进行着超常的学习。

我曾经问我女儿：你愿意长大吗？她说：愿意。我问：为什么？她说：长大可以不写作业。可以看出，现在的学习生活并不能给我们的孩子带来多大的乐趣。因此，教育者，教育的决策者，应该坐下来研究研究怎么样能够让我们的孩子在教学中体验到快乐。长春市西五小学的体音美教学就是在快乐中寻找知识，知识中找寻快乐，我们美术分层教学的理念是：简单好看，灵性激发（阳光、智慧、文化、艺术）。"循环阶梯式"DIY 课堂教学理念 =Do it by yourself 靠自己来完成。

现代教学形式在中国几千年的文化流程中，大多是传承了传统的教学模式，从科举制度的设立到如今的逐级应试的教学体制中，缔造了无数所谓的"人中杰"，也正是因为这种应试教育抑制了一个国家民族的创造和发展。百年应试教育孕育了百年的应付教育的代代学子，这种传统的教育模式播种了让中国人一个世纪都难以咽下的苦果。

作为一些从事了多年教育教学的领导班子和从事多年美术教育的教师队伍，为摆脱应试传统教学模式的束缚，视素质教育、民族振兴为己任，经过多年来的总结和整理出一整套具有实用、科学、易开发孩子的潜能，培养创造力的一种崭新的课堂教学模式——"循环阶梯式教学"。在西五小学分层教学课堂中教师以"DIY"课堂教学理念为核心。而在传统的教学模式中，单一学科由一位教师单独授课，从幼儿的认知规律、身心健康以及意志品质上看，起初兴趣是积极的、乐观的，但随着时间的延长，都逐渐减退。以致到了六年级应该提高的审美素养，应该培养的技能技巧，应该养成学习习惯都没有长进，甚至于退步到无法弥补的地步，我们都在大声疾呼——我们要素质教育。全国上下家家户户盲目加大教育投入、空喊重视培养人才，可是我们的民族振兴步伐却是很慢。纵览各国的经济、文化、军事、科技等发展水平，世界给我们提出一个个问题，这个沉睡的雄狮将会被什么唤醒呢？

在我们西五小学美术教学的课堂上研发出易于孩子接受、易于潜能开发、培养创造力的开智儿童画、彩墨（中国画）、线描、巧手（手工制作）、书道（硬、软笔书法）、陶艺等多个研究课题。并以艺术、阳光、智慧、文化为教育理念，贯穿于课堂教学之中。美术课堂上由二位、三位或多位教师同时授课，学习内容是一个题材，不同的表现形式，例如：一堂美术课中设有开智儿童画、巧手（手工制作）、陶艺三个学科，学生自由选择一科学习，并且在下一堂课的学习中可变换其他学科。使孩子们在学习中掌握不同的艺术表现形式。从课程内容上讲是丰富多样的，从艺术表现手法上讲是多维的。特别之处还在于每一位教师在课堂中渗透各个学科的知识、采取各种激发兴趣的手段、挖掘祖国优秀的传统文化服务于艺术培养，又让艺术表现手法服务于孩子的智力培养和潜能开发。

这样的课程安排，不仅符合孩子们的认知规律，而且让孩子在广泛的学习内容中提高学习兴趣，感受相同的事物的不同表现手法，在不同的感知，情感，直觉和分析辨别能力中体会"艺术"在美术分层课堂中自然流畅地被吸收，消化，并得到升华。这也就是达到教育的最高境界——"意象"教学。让孩子在纯朴，自然，游戏，欢乐中得到潜能的开发，智慧的启迪，文化的传承。

红黄蓝是原色，绿色是间色，间色是调和出来的，是发展的产物。绿色是生命、绿色是温暖、是清馨与和平的颜色，绿色是人类生存的必须颜色，因此我们西五小学在努力的尝试绿色的教育，给孩子们纯净的教育——绿色教育。

只有绿色的心灵才是情感的世界，只有绿色的心灵才是智慧的世界。儿童的心灵纯真自然、自由自在、天真浪漫、随心所欲，能与万物相通。因此说，儿童的心灵是美妙的情感世界。在我校美术分层教学中，我们始终贯彻素质教育并加强绿色教育在美术教学中的应用，对学生心灵情感的净化，使得孩子们接受纯净的、全新的教育教学。

儿童绘画，不完全是在画眼中的世界，而更深需要表现的是心中的绿色世界。这里有一个问题：是教育牵着我们走，还是我们牵着教育走；是做教育的主人呢？还是做教育的奴隶？我想不用解释，大家都应该明白，而西五小学的教育就是在做教育的主人，体、美、音分层教学，三人互动式教学法就是素质教育的深入发展，是全新的理念。

在绿色教育中更需要培养的是用自己的内心去理解对艺术的感受，美术分层教学中孩子们做画，就是主张孩子们的内部世界与外部世界融而为一，就产生了艺术高层次的追求，也是绿色艺术教育的最高追求。

绿色教育是素质教育的再深入，是脱胎换骨的认识，教师还是我们的教师，孩子还是我们的孩子，寻找到艺术在心灵的真谛，就顿悟了绿色艺术的真实，这就是对绿色艺术教育的新的认识。

如果说，世界是教育之父，那么心灵则是教育之母，那绿色就是世界与心灵的完美结合。我们的绿色教育不就是素质教育的升华吗？让孩子们用充满智慧的绿色心灵，创造一个完美纯净的绿色世界，用绿色创造一个美的生存空间，这才是素质教育的神圣使命，应该是绿色教育的终极目标。

最后，我借用中国古老的故事告诉大家绿色教育是素质教育的深入与发展。

据说：从前有三个人在一座庙里聊天，他们看见远处旗杆上迎风飘动的旗幡。一人说："这旗幡飘动得多美丽啊！"另一人说："这不是幡动是风动。"幡动、风动。两人都以为自己看到了事物的真相而争论不休。这时第三人说："不是幡动，也不是风动，是心动。"一句话，两人都镇住了，前两人看到的是外境或外因，是皮毛，第三人看到的是内境或内因，是根本。绿色教育就是素质教育的再深入，是教育的根本，是民族教育的希望。

素质教育、人文教育、新课程，新兴的教育理念每天都在我们的脑子里盘旋，那什么样的教育方式更适合中国的被教育者呢？怎么样才能够在西方文化的新理念下发展、发扬中国的民族文化，而不至于在若干年后中国的文字、文化消失？要孩子们明白中华文化是极其优秀的，时刻教育我们的孩子要学会运用西方文化的先进思想和先进手段发展民族文化，要孩子们知道经济社会不但需要金钱，更需要法国文豪雨果笔下的"冉阿让"的无私奉献的精神。我想，需要我们重视：民族的是世界的。也许我们的孩子都知道，但是，他们每天都在学习些什么，已经不记得或者说不明白什么是民族文化了。我敢肯定，城市里大多数的孩子都很喜欢麦当劳与肯德基的汉堡与薯条。薯条，不就是土豆条吗？换个方法做出来，就很受欢迎。新课程就需要我们的教师使用先进的思想方法来教育我们的孩子。

教师简介

孔照满，吉林省长春市西五小学美术教师，小学高级教师，学校教学主任，是吉林省美术学科骨干教师、长春市南关区后备干部、长春市南关区优秀教师、长春市美术家协会会员、长春市南关区书法家协会理事、香港青少儿视觉艺术研究学会长春分会秘书长。1988年7月毕业于长春市一中专美术师资专业，同年来到长春市西五小学从事美术教学工作。在工作中，勤奋学习，刻苦钻研。在1999年学校率先进行教育改革，实施体、音、美分层教学，作为美术学科的骨干教师积极参与、积极实践，并分别在 2000 年做长春市小学美术教学引路课；2001 年做长春市小学美术教学研讨课；2002 年长春市小学美术汇报课；2003 年长春市小学美术分层教学结题大会做课；2004 年长春市小学美术首届年会引路课；2005 年为吉林省骨干教师作引路课。在教育教学努力钻研的同时积极靠近党组织，多年的努力下，在 2005 年终于被党组织吸收为中共党员。

在工作之余，还积极地参加社会团体的许多先进的活动。2000 年获得长春市美术家协会举办的书画大赛绘画类一等奖，同时被吸收为长春市美术家协会会员，长春市南关区书法家协会理事。在组织学生参加的各项少儿美术比赛中多次获得组织奖，并被吸收为香港青少儿视觉艺术研究学会长春分会秘书长。多次参加全国大型美术研讨会，小学美术学科论文《＜传统土豆＋好主意＝麦当劳薯条＞——少儿中国画的潜能开发》获得吉林省论文大赛一等奖，并在《长春日报》《求知时报》上发表，得到专家同仁的好评。

多元智能教学之身体动觉智能和
自我认识智能的结合
——课堂改革之我见

吉林省长春市西五小学　　石　媛

　　1983 年，美国哈佛大学教授加德纳创立了"多元智能"理论，这一理论认为"每个孩子都是一个潜在的天才儿童，只是经常表现为不同方式"。这使现代教育可能成为"开发和释放人的创造潜能的发动机"。而身体动觉智能就是指利用肢体动作解决问题，创造"产品"或表达意见和感情的能力。自我认识智能则指自我分析、自省的能力，了解自我并为自己计划设定目标的能力。

　　在教学中以"多元智能"理论指导的多元智能课程的特征是：从教材出发，以学生为中心，找到发挥每个学生智能优势的"切入点"，在教学过程中运用多种智能手段传授教材，发动学生参与，展示才华。这样的课程，不仅使学生获得知识，而且能增强自信，开发潜能。

　　语文活动课，是语文教学的重要一翼。全面提高学生语文素质，必须在抓好课堂教学的同时，认真上好语文课。活动课对于丰富学生生活，开拓学生视野，激发学生学习兴趣，对于加深学生语言体验，提高学生个性，提高学生综合素质有着重要意义。

　　那么如何上好语文活动课呢？在语文活动课的组织实施中，应始终把学生的自主性摆在第一位，让学习自主地、积极地参与，动口动脑，培养内在的动机，激发智慧的潜力，发展个性特长，推进个体的主动、和谐、全面的发展。"动"是活动课最大的特点，应该将"动"贯穿于活动课组织实施的全过程。

一、选好内容，使学生"可以动"

　　语文活动课作为一门课程，它有自己设置的目的要求，也就是必须着眼于以获取直接经验、即时信息为内容，以实践性的特点，引导学生从书本走向生活，从课堂走向社会，全面提高学生的语文素质，活动课比起学科课程有较好的灵活性，在内容的选择上我们可以很好地体现"可动性"即多元智能的身体动觉智能。

（一）实践性内容

实践性是语文活动课的主要特性，它改变了学科教学中教给学生结论性知识的方式，让学生在参与观察、动脑、动口、动手实践活动中拓展知识，发展能力。一次语文活动课，我组织学生到市场调查采访，然后写一篇小通讯。很多同学对市场的一些问题作了如实记述。如"吃啥有啥"、"乱摆乱卖没人管"、"菜价低菜农愁"等。这次活动课，同学们表现活跃，不但学会了调查，练习了写作，还明白了"写作处处有材料，只要做个有心人"。

（二）需要性内容

根据学生当前的需要或学生正关心的话题来选内容，可以激起学生的热情。如六年级时，很多同学们都互写留言。这时开展一个《赠你一言》活动课，让学生收集和撰写一些富有人生意义、积极向上的格言妙语。这节活动课学生肯定热情高涨，交流创作活跃，不但可赏析格言妙语的深刻含义、结构、修辞，还可以让学生受到激励和教育，提高了学生写留言的品位。

（三）竞争性内容

魏书生说："即使对毫无直接兴趣的智力活动，学生因渴望竞赛取胜而产生的间接兴趣，也会使他们忘记事情本身的乏味而兴致勃勃地投入到竞赛中。"的确是这样的，在竞赛中，不喜欢的事情会喜欢，枯燥的事情也变得有趣。

二、放手指导，让学生"真正动"

要使学生的主观能动性在活动中得到充分体现，从活动的设计、准备到实施、总结都要放手让学生参与，使学生感到这是自己的"活动"，从而真正动起来。

（一）放手让学生参与活动的设计

开始时，教师可就活动的设计和内容征求同学的意见。随着活动的深入开展，可将一部分内容交给学生搜集准备，这一过程其实也是学生的活动过程。如《趣说歇后语》就可叫学生推荐一些趣题给老师。一些活动内容熟悉以后，则放手让学生设计，教师主要是引导完善。学生参与出题，设计的活动会"动"得特别投入。笔者放手让学生自主设计了一节《诗情画意迎新年》的活动课，学生设计了"对春联"、"祝语设计赛"、"猜灯谜"、"成语表演"、"新年新打算"等内容，收到了良好的效果。

（二）放手让学生参与活动准备

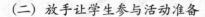

从活动内容搜集，学具教具制作，到活动场景的布置，均可让学生参与，教师职责是做好小主持的指导。如在上《诗情画意迎新年》这节活动课节中，学生不但布置了一个喜气洋洋的教室，还自行准备了水果、糖、饼、卡片等奖品。

（三）放手让学生在活动中一展身手

活动课重在过程，只要学生在活动中充分动脑、动手、动口，那么即使学生在活动的某项内容没有充分完成，这节课也是成功的。如活动课《手抄报大赛》，开始很多教师认为大部分学生将难以完成。后来放手让学生自行设计版面，结果连最差的学生也能完成，一些手抄报的精美还令人赞叹不已。当学生看到满教室展评的作品时，都深感自豪。

（四）放手让学生参与活动总结

这能使学生在总结经验中体会成功的喜悦，先认识讨论，再全班交流，最后由老师归纳升华。如活动课《我能行》结束时，教师说："大家有什么收获呢？我想采访几个同学。"这就是引导学生以活动作总结的一种方式。每次活动后，若能引导学生以活动为题材写篇日记，能使学生的总结产生更大效益。

三、创设情境，使学生"乐意动"

一方面，要做好活动场地的布置，营造一个和谐的氛围；另一方面，在活动开始和活动过程中可利用绘声绘色的语言、情境渲染、实物演示和动手操作等方法，以激起学生想看看、说说、做做的强烈愿望；其次，充分利用活动课课内外、校内外相结合的特点，带学生到社会、大自然的情境中，营造一个学生"乐意动"的氛围。如在活动课《寻找春天的足迹》中，带学生到大自然中，那刚钻出来的小草，树枝上的嫩芽，星星点点的小花，湿润的泥土和微微的风，都能一下子调动学生的各种感官，情不自禁融到活动中。

四、巧选形式，让学生"全体动"

语文活动课一定要避免那种"尖子生表演"的场面。在每一次活动中，都应让每个学生都动起来。语文活动课的形式是多样的，如阅读欣赏、口才培训、表演品评、调查观察、语文技能赛等。要从为学生提供人人都有"动"的机会的角度出发，巧选活动形式。如，《课本剧院表演赛》中，由于时间限制，决定表演的只能是部分人。可以让其余同学做评委，对表演作出书面或口头评论及打分。

五、优化结构，让学生"全程动"

为确保学生在活动过程的每一环节都处于"动"中，教师除了让学生参与活动的准备工作以外，还必须根据学生的认知规律，设计科学、合理、有序的活动程序，优化活动课课堂结构。如在《我能行》这节活动课的程序设计中，先以充满激情的语言导入情境，继而"选评委"、"抢答案"掀起第一个小高潮。在汇报"发现别人优点"时，由于每人都想知道别人对自己的评价，所以会磁石般地吸引学生。"发现自己的长处"虽然要求较高，但满足了孩子的表现欲。紧接着安排了一个带有竞赛性却轻松愉快的"表演"，则缓和了紧张的气氛。最后评选"班之最"，每一次宣读"我们班最……的……同学"都会引起热烈掌声，从而将活动推向了高潮。这样的课堂结构，自始至终都让学生们处于活跃的"动"中，效果自然显著。

这样寓多元智能中的身体动觉智能和自我认识的智能在语文活动课中使我们的语文教学活动丰富多彩，学生的情商高涨利于提高学习的效率，充分展现学生的学习个性。

教师简介

石媛，女，吉林省长春市西五小学语文教师，1974年出生，1994年毕业于长春市一中专，多年从事班主任和语文教学工作。在东北师大进修教育管理专业，获得本科学历。2002年获得了东北师大信息技术研究生班的结业证书。在工作中积极创造适合于学生实际的教学氛围，大胆创新，致力于教学课改，多次参加引路课、评优课、新模式课的教学活动，并取得了较好的成绩。在班主任工作中，善于抓住学生心理，立足于学生个性的培养，发现孩子身上的闪光点，成为学校的班主任学科带头人。主要业绩：2000年至2001年曾荣获校级师德标兵、2000年被学校命名为班主任学科带头人、1999年至2001年曾经获得国家级作文优秀指导奖、2001年参加吉林省新模式课评选获得优秀奖、2001年论文《电教激趣，学习不难》获得市级三等奖、2001年教案《十六年前的回忆》获得市级一等奖、2002年参加国家级新课程评选《小小竹排画中游》获得第一名，同年在区内做引路课获得好评，2003年在南关区第三届班主任基本功大赛中荣获一等奖。

初探小学音乐艺术课的构想

吉林省长春市西五小学　王娜

　　小学艺术课是素质教育中诞生的新型课程。它的出台，首先推进了我国艺术教育向国外的音乐教育进行并轨，其次还给了教师广阔的艺术教学创新空间。尤其是面对网络时代的到来，科学技术已经迫不及待地闯入素质教育的行列中，因此对于我们音乐教育者来说，机遇和挑战同样来得迫切。

　　在素质教育代替应试教育的今天，我们不难发现过去陈旧的教育方法与观念已出现了很多不能完全适应时代发展的问题：如音乐课程过于单一，过于强调学科本位、缺乏综合性和选择性；教学内容的枯燥与书本知识的过于偏重，使教学脱离了生活及社会发展的客观需求。因此，如何加强小学艺术教育教学的自身建设，完善艺术整合课体系，推进艺术教育的发展，这就要求我们每个音乐教师都要更新理念、研究创新，来挑战新的教育思想。

一、从教学视角的变化来观察艺术课

　　艺术课程怎样教？怎样设计？这些都是我们艺术教育工作者值得深思熟虑的问题。在新课标的倡导中，要求教师的教学内容要联系学生的实际生活，并且有益于他们解决社会问题，在学习中学会怎样学和学的方法，从而提高他们的艺术修养。因此，在开发校本课程资源的同时，我通常以多元的教学视角来研究艺术课的教学方法、揣摩艺术课的教学理念。

　　在我们周围的环境中，不难发现无论是吃饭、上街、还是其他活动都少不了音乐，甚至还有很多艺术方面的街头文化。所以在课堂上我经常让学生讨论音乐与生活的关系，我们为什么要学习音乐？为什么音乐课程要纳入到毕业考试中去等问题。指导学生怎样热爱音乐、热爱生活，进而让音乐伴随终生，提高生活质量。在艺术课的设计教学中，我经常引导学生从生活体验入手，从自身音乐经验出发，紧密联系社会生活及音乐现象，主动去探索、思考音乐与人生的关系，使音乐学习成为一项生动、具体、艺术化的生活体验。比如：我在一节音乐课上，给学生欣赏歌曲《让世界充满爱》，并在欣赏后提出问题：这首歌曲当时的背景如何？写了什么？并且还让学生描述了不同段落的音乐有什么变化？学生们在无影像的情况下回答得五花八门，等我再次让学生欣赏有影像的作品时，教室里鸦雀无声，因为我知道学生在音、像结合的学习中，了解到了作品的深刻含义，了解到了音乐所带来的无穷魅力，与此同时学生还学会了怎样关注自己身边的一切音乐现象。

二、从教学方式的转变来设计艺术课

（一）从课内到课外师生角色的互变

课堂教学可以说是培养学生创造性思维的主渠道。教师由一个知识的传授者到技能的设计者是环环相扣的。在教学中教师要树立正确的教育思想，摒弃传统的应试化、灌输化的教育模式，给学生建立一个自由发挥的天地，使学生在学习的过程中去形成创造性思维，并指导学生在实践活动中创造、学习。例如，在艺术课堂上，教师为学生铺设创作平台，将空间留给学生自由发挥，以互换师生角色为目的，以培养学生发展为前提，教师走下讲台，让学生自己探究学习的方法，就好像是播撒下的种子，经过一段时间的培育、浇灌，使它们最后长成千姿百态的花一样，那么教师所达到的目的绝不是最后考试的那一阶段，而是培养学生的学习过程，使他们最后在学习的过程中养成会学习的好习惯。

（二）建立平等、和谐的师生关系

在教学中建立宽松的学习气氛，是充分发挥学生主体地位的主要表现。因为学生在学习中，心理状态的改变是复杂多样的，每一个学生都具有不同方面的情感因素，那么教师只有建立一个安全的、自由的、平等的环境，才能使学生永远保持好奇心、求知欲，在学习的领域中发挥最大的潜能。所以教师作为学生掌握知识的启蒙者，要创设一个学生敢于思考、乐于创新的学习环境，教学所进行的每一个环节、每一句话都要用情感来启发学生、感染学生，使他们在和谐、平等的学习过程中，展开自己想象的翅膀，与他人共同交流、共同创造。此外，教师还要指导学生去理解他人的情感与情绪，使他们在学习的过程中，排除干扰、力求独立。

（三）根据学生的不同需求来设计灵活的教学方法

进入 21 世纪初，我们教育的对象大多数是娇生惯养的独生子女，以自我意识为中心，没有一定的团体意识。尤其在一个班级里，每一个学生的情感因素也是不同的，那么作为教师我们既要了解每一个学生，又要根据学生不同的需求来设计教学内容。例如，音乐教学中技能较高的学生创造性思维能力要比其他学生高，这就要求我们在教法上对学生进行因材施教，可以将技能高的学生分成一组，让他们在创造的领域中发挥更高的才能；也可以将掌握不同技能的学生分成一组，使他们在互相学习中，懂得怎样与人交流合作，使音乐作品达到一个更完美的境界。

三、从本学科到跨学科来拓展艺术课

艺术是一门综合性的学科，在教学中除了指导学生掌握一定的知识、技能以外，还要了解作品的时代背景、民族风格等，这就需要在备课的时候联系其它的学科（包括历史、地理、语文等），来武装我们的头脑，进行作品的揭示、分析。例如:在音乐教材中，有很多关于民族文化的乐曲，于是我在设计时，首先，让学生运用信息技术课所学的技能，广泛地搜集有关民族文化资料。其次，在课堂上发布搜集到的信息，使学生们在艺术课上既了解民族音乐又深刻地感受到我国文化的博大精深。所以，作为一名艺术教育者，我要树立终身学习的愿望，在充实自己的同时，来培养学生乐于学习的习惯。

四、从教学重心的转变来实践艺术课

（一）丰富情感体验、培养表现能力

爱因斯坦有句名言："兴趣是最好的老师。"浓厚的兴趣能激发学生主动参与的意识，有效地提高学生学习的积极性，活跃学生的创造思维，使学生在愉快的情趣下学习知识，使技能和智能都得到发展。如果再一味地让学生以一种方式进行创作，难免让人感到乏味。因此，我尝试了让学生把自己在生活中积累的常识，运用到音乐实践活动中来。例如，学生可以利用神奇的音色来模仿大自然中出现的音响效果，使音乐课走进生活；另外，我还尝试了将音乐、美术两门学科进行有机地结合，如学生给一首乐曲插入一些小故事，可以让学生把这个故事用一幅图画展现出来，其他同学在欣赏表演之前，先得到了视觉上的感受，在表演后同学们还可以观察两者之间的差异与共同之处。这样，不仅激发了学生在音乐方面的兴趣，还展现了学生在美术方面的才华。

（二）在艺术教育中强调创造探索精神

现在的教育理念倡导的是处处以学生为主体、以素质教育为核心，培养学生的创新精神和实践能力。在以往的教学中，我们都是以"双基"为依据，教师以灌输式的教学方法将知识强加给学生，使学生不能充分发挥

出自己的主动性和能动性，学生只能被动地接受知识。然而，在实施分层教学以后，学校领导以提高学生的素质为前提，派我们到各地去学习，领会教学新思想、新方法。使我们懂得怎样将理论的东西转化为实践、怎样来培养学生的个性与特长、怎样为学生营造学习氛围和无拘无束的学习空间等等。例如在音乐课的教学中，我们常常将学生请上来，让出自己的三尺讲台，或让他们展示自己高超的弹奏技巧，或让他们展示自己的音乐作品，或与大家一起讨论分析，使学生真正走进了音乐。这样不仅激发了学生的学习兴趣，同时还活跃了学生的思维，使他们在广阔的思维空间里迸发出创新的火花。

（三）在艺术教学中体现音乐的人文内涵

法国教育家曾说过：人应该是发现型、创造型的。人类从远古时候就在进行不断地创造新事物，在不断的实践中去追求新的东西。那么随着历史的不断发展，教育一直作为历代变革的首位，来推动社会的发展。尤其是在今天的信息社会里，教育的首要目的是在更新观念的同时，进一步地去创造新的东西。那么这就需要我们工作在第一线的实践者们，在创造性的教学中去培养学生的多项性思维的发展，使培养出来的人才更加适应社会的需求，使他们在掌握技能的基础上，成为适应社会的交流者。

五、教学评价的转变中提升艺术教育的质量

在评价的教学中我们不仅要关注学生的学习结果，而且更要关注学生成长发展的过程。在课堂表现中，将自评、互评和他评相结合，通过生动活泼的形式，让学生对自己的音乐学习进行总结、回顾和比较。在艺术课的教学中，我将学生喜欢的作品搜集到一起，从兴趣教学入手，将"谁学得最多"作为评价标准，来鼓励学生自学和互学；在才艺展示中，我将有特长的学生组织在一起，为大家进行展示。通过这个课堂活动一是培养特长生的表现力和自信心，二是让其他学生感受音乐的魅力，指导学生一首歌曲可以用不同的方式进行表现，同时也触动了其他学生的学习热情。几次课堂下来，我发现乐感不好的学生尽可能地用其它的方面来弥补创作和表现上的不足；而音乐天赋比较好的学生则对于自己出色的创作和表演有了更大的决心。

总之，要想做一名优秀的音乐教师，就必须具备较强的创造意识，必须有投身改革的勇气和不断创新的精神，这样才能将我们的艺术教育推向更高的台阶。

教师简介

　　王　娜，长春市西五小学音乐教师，毕业于长春市师范学校（音乐专业），本科学历，小学高级教师。

　　在实施分层教学研究中，能用积累多年的经验力争改进传统的教学模式，提高教与学的效率，改善教与学的效果，把拓宽教材的选择，培养学生全面发展作为指导思想，进行"探究式教学法"的尝试，并达成共识总结出创设一个宽松的、和谐的、民主的课堂教学模式。被评为"长春市十佳教师"，2004 年荣获吉林省优秀课教师，2005 年在市级课题结题中获得优秀教案一等奖，连续多年获得长春市"千童之声"演唱会优秀指导教师奖，曾多次获得省"芙蓉杯"比赛优秀指导教师奖、市"才艺杯"比赛优秀指导教师奖。在长春市音乐教育年会上多次获得教案一等奖，多次获得省级课题教案、教学课件一等奖。

多媒体让语文课堂亮起来

山西省实验小学　侯玉芹

　　《基础教育课程改革纲要（试行）》指出："大力推进信息技术在教学过程中的普遍应用，促进信息技术与学科课程的整合，逐步实现教学内容的呈现方式，学生的学习方式，教师的教学方式和师生互动方式的变革，充分发挥信息技术的优势，为学生的学习和发展提供丰富多彩的教育环境和有力的学习工具。"

　　近年来，多媒体技术因其图文并茂、声像俱佳、动静皆宜的表现形式和跨越时空的非凡表现力，使人们对事物及其变化过程的理解与感受变得容易了，从而被越来越多地引入到我们的课堂教学中来。多媒体课件的运用成为教育界的一种时尚，多媒体技术的进入给沉闷的语文课堂带来了惊喜，给昏昏欲睡的学生打了一针兴奋剂。但是，我们也发现，当多媒体教学越来越普及的同时，出现了许多不从实际教学出发滥用、误用多媒体的现象。有的老师把备课本换成了"笔记本"，用智能拼音敲击着古老的汉字；有的老师丢掉了多年的粉笔，迷上了键盘与鼠标奏出的交响乐；有的老师不再指导学生朗读课文，变成了名家播音员的朗诵带；有的老师不去精心设计学生活动，变成了课件演示的操作员、解说员……长此以往，我们不敢想象，若干年后，这些语文教师还能不能成为语言文字的传播者？鉴于此，我要问："我们运用多媒体教学的目的是什么？是让它优化我们的课堂，促进学生的学习，还是让它左右我们的教学，限制学生的思维？"

　　面对这个问题，老师们一定会毫不犹豫地选择前者。那么如何凭借多媒体来优化语文课堂，提高教学的效率，根据语文课程和小学生的特点，我在语文教学中作了以下尝试。

一、诱发学习动机，让语文课堂亮起来

　　教育心理学研究表明，注意是心理活动对一定事物的指向和集中，它与认识过程紧密联系，具有组织人们的感知、记忆、思维等心理活动的作用，是人们进行学习掌握知识的必要条件。上课开始时，学生还沉浸在课

间的兴奋中，新的学习动机处于低谷状态，这时若能巧妙地导入课堂教学，必能激发学生的求知欲。而多媒体可以直观地再现事物形象，使声音、图像和文字融为一体，形成一种身临其境的氛围。

《火烧云》一课描绘了火烧云从上来到下去的过程中颜色和形状的变化。全文用词准确，描写生动逼真。但是由于地理位置、气候、空气污染等原因，学生对火烧云缺乏形象的感知，如果在导入课文时紧扣教材合理利用多媒体，创造逼真的影视氛围，学生就会在轻松愉快的气氛中进入学习状态，自觉地把注意力转向教学内容。教学《火烧云》时，我是这样导入的（教师一边说导语，一边播放与导语内容相符的精美画面）："从清晨如烟的晨雾到雾散后柔和的朝阳；从电闪雷鸣的阵雨到雨后天晴的彩虹；从落日绚丽的余晖到皎洁明月升起，大自然无不在显示它特有的魅力，陶醉着我们每一个人，吸引着无数作家、诗人用最美的语言来描绘。今天，让我们再次走进作家萧红的火烧云，和她一起感受大自然带给我们的神奇景致。"这里导语一结束，我接着又播放与课文内容相配套的火烧云课件，同时对课文进行激情饱满地配乐朗读。在多媒体与朗读的配合下，学生立刻就被吸引到课堂中来。这次导入教学使用的多媒体从一开始就把学生带入了情境，诱发了学生学习动机，调动了学生的积极性，有利于促进学生的主动学习。

教学《世界多美呀》这篇课文，我在上课伊始也试着使用了多媒体课件，没想到教学效果还很好。教学时，多媒体课件的演示让孩子们面前展现出一个不停地摇动着身子的鸡蛋，同时发出一连串有力的啄蛋壳的声音。画面和声音的有机组合一下子就把孩子们带到了一个童话般的神奇世界。"这是什么声音？"学生想象的翅膀在这里展开，多媒体巧妙地为孩子们营造了一个"入境悟情"的氛围，让他们不经意地进入课文的意境，愉快地步入学习课文的殿堂。

俗话说，良好的开端是成功的一半。新颖巧妙的开头是上好一堂课的关键，是教师与学生沟通的第一桥梁，以上对导入新课的设计就是我在诱发学生学习动机上的一些尝试。

二、激发学习兴趣，让语文课堂亮起来

爱因斯坦说过"兴趣是最好的老师。"多媒体技术的使用，对激发学生的学习兴趣，提高课堂教学效率起着举足轻重的作用。它会以丰富的多媒体形式最大程度地调动学生的视听感官系统，彻底改变"教师一支粉笔、一张嘴满堂灌"式的教学方式，展示教学手段的多样化，弥补传统语文教学的枯燥和乏味，丰富学生的直观感受，让学生主动、轻松地接受语文知识。例如《观潮》这篇课文，在激发学生学习兴趣上，我进行了这样的设计：

文中这样写潮来时的声音："午后一点左右，从远处传来隆隆的响声，好像闷雷滚动。过了一会儿，响声越来越大。再近些，那声音如同山崩地裂，好像大地都被震得颤动起来。"写潮来时的变化："只见东边水天相接的地方出现了一条白线，那条白线很快地向我们移来，逐渐拉长，变粗，横贯江面，再近些只见白浪翻滚，形成一道两丈多高的白色城墙。浪潮越来越近，犹如千万匹白色战马齐头并进，浩浩荡荡地飞奔而来。"教学这部分内容，我为学生提供了一个视听媒体，让学生听到潮来时声音的变化和看到潮来时形状的变化，再现大潮滚滚而来奔腾咆哮的壮丽景象。通过视觉和听觉刺激，学生的学习兴趣高涨起来，无不为大潮的雄伟壮观而赞叹，朗读课文时个个声情并茂，尽情抒发自己的情感。

苏霍姆林斯基说过："儿童是用色彩、形象、声音来思维的。"《骑牛比赛》这篇课文介绍的是南美洲的骑牛比赛，离学生的生活实际较远，因此我通过多媒体技术制作了动画剪辑，用掌声、欢呼声让学生眼看、耳听、口说，在脑海里勾勒出一个骑牛比赛的精彩场面，图文结合去感受公牛的疯狂撒野，骑手的技术高超，观众的兴高采烈。这时的学生脸上处处洋溢着热情，情绪思维与课文情境相通，在这种近乎游戏的教学中，学生充满乐趣地学着、演着、读着，达到了于永正老师所说的：语文教学要多些情趣，少些理性。

三、突破重点难点，让语文课堂亮起来

多媒体的语文课件以课本内容为依托，借助计算机采集、加工、存储、输出信息极为快捷的优势，可以对教学内容进行开放式的充实，以增加文字、声音、图像、动画、视频等获得对事物的深刻认识，有利于突破教学重点和难点，教学效果也会有显著的提高。教学《爬山虎的脚》这一课，我就充分利用了多媒体技术来解决重点和难点问题。

这篇课文重点讲了爬山虎"脚"的形状和特点以及它是怎么"一脚一脚"向上爬的。读题完毕，学生以"爬山虎的脚到底什么样子呢"为疑，展开读书思考，一下子就抓住了文章的重点。可仔细读过课文后，我们不难发现，文章中，"爬山虎的脚长在茎上，茎上长叶柄的地方，反面伸出枝状的六七根细丝，每根细丝像蜗牛的触角。"这句话对于10岁的小孩子来说的确很不好理解。虽然我让学生边读边动笔画爬山虎的脚，并引导学

生互相评画，但仍然不能够准确形象地理解爬山虎脚的样子。这时，我借助了多媒体课件，爬山虎"脚"的形状和特点以及它是怎么"一脚一脚"向上爬的生动画面使学生的认知豁然开朗。这个环节不仅使学生理解了爬山虎"脚"的形状和特点，还为学生理解下文它是怎么"一脚一脚"向上爬做了铺垫。这里的创设实物媒体，以形促知，提高了课堂效益。由此，我感到我们常说的"信息技术与学科的整合"在这个环节得到了很好的体现。

四、拓宽学生思维，让语文课堂亮起来

每个学生都具有一定的创造力。我们的教学就是要让孩子思维敏捷、想象丰富、有创造性，而多媒体能激发学生大脑处于兴奋状态，活跃学生的思维活动，有利于学生创造性潜力的开发。

如教学《美丽的小兴安岭》一文时，我让学生在感悟语言文字的基础上观看小兴安岭的录像片，学生宛如游人漫步其中，领会着小兴安岭的美丽和神奇。当我关闭录像让孩子们抒发此时的感受时，我惊喜地发现多媒体的课堂魅力。下面是孩子们边看录像片边想象到的情景。

郑懿说："进入森林后，我的眼前全是绿的，到处都是葱葱茏茏，枝繁叶茂的树，让我觉得很容易迷失方向。"

杨旭敏说："我看到那些枝条有的手拉着手，有的肩并着肩，还有的背靠着背。它们有的像是在跳舞，有的像是在说悄悄话，有的像是在给路人鞠躬，还有的像是在给人们做导游。"

李悦说："夏天的早晨进入森林，我的周围一片朦胧，我想看到山谷中早晨的美景，可是雾太浓了，怎么也看不清。但我不会因为这样而讨厌它，反而喜欢上了它，因为它把我带入了仙境。"

孟燕说："在浓雾里站着是让人觉得进入了仙境，可同时又让我觉得恐惧，因为我眼前全是雾，看不清其它东西，万一有野兽跑出来怎么办？"

霍玉婷说："小兴安岭冬天的白雪，就像白雪王国的女王撒着晶莹透亮的花瓣，清凉扑鼻。树上的白雪，在月亮婆婆光芒的辉映下，就像天上掉下来的小星星，一闪一闪地眨眼睛在和我说话。"

又如《送给盲婆婆的蝈蝈》一文，教学设计中我以图画的展现、音乐的渲染将学生带入情境，引导学生联想悟情、感悟朗读、朗读吟诵，在有限的课堂里拓展学生无限的想象。当我教学本课第三小节时，我出示多媒体课件（盲婆婆手捧蝈蝈，大背景是广阔的田野）说："小朋友，你看，盲婆婆双手捧着蝈蝈，脸上露出微笑，聚精会神地听着，听着（播放蝈蝈

叫声）她仿佛会听到什么，看到什么呢？"学生的回答使学习进入了高潮。孩子们说，"她仿佛会听到小溪流淌的声音"；"她仿佛会看到童年那欢乐的岁月"；"她的眼睛仿佛能看见了，看到了美丽的大自然"；"她仿佛听到童年时和小伙伴一起玩耍时的欢快笑声"……

以上的两个教学片段，多媒体的使用让孩子们被激活的思维及精彩的发言处处闪现着智慧的火花，那富有想象力的场景让我一次又一次地为他们喝彩！

五、变静态为动态，让语文课堂亮起来

小学课文中有许多地方用生动的词语描写事物的动态，仅让学生从课文中的动词去体会，这动作的内在含义和所表达的思想感情往往很难激起学生的情感。但多媒体可以传递情感经验的各种示范动作与表情动作。以形象生动的画面把抽象的、难于理解的动态描述语言变得清晰易懂，在形象的基础上达到理解，在理解的基础上达到记忆。所以在教学过程中用动作媒体再现场面情境，对促进学生理解能起到重要的作用。

如教学《火烧云》一课火烧云的形状变化时，"跪"、"伸"、"长"、"跑"、"蹲"几个表示火烧云动态变化的词对于没有观察过火烧云变化的学生来说，光凭想象是没有说服力的。所以教学时我利用现代多媒体创设真实画面展示形状变化的火烧云动态片。除此以外，我又提供了更多的图片并使画面动起来，让学生展开想象，说说自己看到的画面像什么？此次多媒体的介入，不仅让学生看到了真实的火烧云，又调动了学生的思维，进一步使学生理解了火烧云的变幻莫测。学生说，一会儿，天空中出现了一座座山峰，高低不平，连绵起伏，非常壮观，可一眨眼的工夫，就离我们远去了，而且越去越远；这时又跑来了一只梅花鹿，它的身上全是彩色的斑点，趴在空中好像在向我们展示它的美丽；快看啊，那儿来了一群小猴子，它们抓耳挠腮，眼睛转来转去好像在寻找事物，可是一转眼就变了，再也找不着了；看，那是一只宠物猫在玩毛线球呢，过了两三秒钟，它站起来伸了伸懒腰，哎呀，它的四肢变得更长了，模糊了……这样的教学，学生的想象力和语言表达能力都起到了促进作用，对提高学生的思维能力和观察能力也有很大的帮助。

教学古诗《登鹳雀楼》时，我也采用了多媒体创设情境，让动态的图与静态的文结合起来，使学生身临其境，真切感知那种美好的情境。如学习"白日依山尽"时，我通过多媒体直接演示，让学生形象感知到傍晚夕阳慢慢落山的美丽景色。学习"黄河入海流"时，利用多媒体向学生展示

生活中较难观察到的黄河奔腾入海的壮观景象，吸引了学生的注意力，通过反复朗读体会，使文字所代表的客观事物的图像在学生脑海里越来越明晰，从而真切感受到黄河水流进大海的那种磅礴气势，这样感悟内化之后，有感情地朗读便水到渠成了。

六、陶冶思想情操，让语文课堂亮起来

在语文教材中，许多文学作品中都蕴含着丰富的情感，如何让学生在阅读这些作品时，通过不同艺术形象的感染获得思想的启迪呢？我采用的是多媒体技术辅助教学激发学生情感，并与作者的情感产生共鸣。

例如，教学《一个小村庄的故事》第五自然段时，我这样设计了教学过程。

师：现在，就让我们走进那个雨水奇多的八月，亲眼目睹那场人为的灾难吧。

播放课件（洪水袭击村庄的情景）

师：刚才的场景，一定深深地印在同学们的脑海中了。你们能把此时的感受通过"读"表达出来吗？

生：读第五自然段。

师：你为什么这样读？

生：发表自己的见解。（抓住"奇""没喘气儿""一连""才""咆哮"等词理解小村庄消失的另一个原因：自然灾害）

师：我们一起来读一读。（学生齐声有感情地朗读）

师：我听出来了，你们是在惋惜，是在难过，是在气愤。我也有着同样的感受，你们能否给我一个机会，让我也发泄一下自己的情感？（教师指导学生有感情地朗读）

师：谁还想再进入情景，抒发情感。

生：有感情地朗读课文第五自然段。

可以看出，在恰当的时机播放录像和教师绘声绘色地朗读给了学生一种身临其境的感觉，把学生的思绪带入高潮以抒发强烈的情感。这样，他们的情感就与作者的情感产生了共鸣。从学生的表情上，我真正看出了他们对树木乱砍滥伐的气愤，对村民无知的悲哀，对小村庄消失的惋惜……

七、拓宽学生视野，让语文课堂亮起来

课堂对于语文教学来说实在太小了。陶行知先生曾说要推倒学校的围墙，地为床，天为被。面对这种情况，我们的语文教学应该打破课堂局限，将学生由课堂引向课外，由一篇文章引出多篇文章，由一本书引出几本书，甚至几十本书，引导学生走向书本，激发学生的阅读兴趣，拓展阅读面。基于此，我决定利用多媒体技术来丰富学生的知识。

教学《观潮》时，在学生赞美钱塘江大潮的雄伟、壮观（学生有感情地朗读课文）后，我用苏东坡的"八月十八潮，壮观天下无"把学生的思绪带入到古今文人颂咏钱塘江大潮的佳句上来。借助多媒体，学生阅读了唐朝李郭的"一千里色月中秋，十万军声半夜潮"；清朝施愚山的"声驱千骑疾，气卷万山来"；毛泽东的《观潮》"千里波涛滚滚来，雪花飞向钓鱼台，人山纷赞阵容阔，铁马从容杀敌回"；潘阆的《酒泉子》"长忆观潮，满郭人争江上望。来疑沧海尽成空，万面鼓声中。弄潮儿向涛头立，手把红旗旗不湿。别来几向梦中看，梦觉尚心寒"及白居易的《江南好》"江南忆，最忆是杭州。山寺月中寻桂子，郡亭枕上看潮头。何日更重游！"

教学《夕阳真美》一课的最后一个环节，我也使用多媒体课件向学生展示了更多的描写夕阳的文章，通过了解作家及相关的作品，丰富了学生的视野，扩大了学生的知识面。这里的多媒体阅读，既节省了金钱，又节约了时间，资源的丰富性是一般书籍所无法相比的。

综上所述，信息技术的充分发展，使我们有机会为学生创设良好的语文环境。巧设材料用多媒体课件来辅助教学为学生学习创设了情境，拉近了文本与学生的距离，使语文课堂亮了起来。但我们也要清醒地认识到，"课件"绝不是教师课堂教学的替代物，更不是使课堂教学变得千篇一律的桎梏。它只是为在信息技术条件下如何优化课堂教学，提高课堂教学效率提供的凭借。在教育教学中我们要会用、善用、创新地使用多媒体，把传统教学的优势和多媒体的优势结合起来，扬长避短，各取所长，服务于课堂教学，让知识在课堂上轻舞飞扬！诚如此，我们的语文教学才会有更加亮丽的风景，教育教学才会有更加长足的发展。

教师简介

侯玉芹,女,30岁,小学一级教师。1995年毕业于太原幼儿师范学校,后进修于山西大学教育管理专业,本科学历。现任山西省实验小学语文教师,太原市小学语文教学研究会会员。

从教十一载,她一直在探索,尽己所能地使每一节语文课都变得生动活泼,使平平淡淡的"白开水"变成香甜可口的"咖啡与果珍",让孩子们乐意学习,感受到知识的多彩,激起探索的欲望,享受成功的喜悦,初步形成了以激情为特色的教学风格。先后荣获中小学 JIP 实验全国先进个人、中小学 JIP 实验山西省示范教师、太原市中小学教师课堂教学技能一等奖并荣立二等功、太原市高水平骨干教师、太原市"三优"课一等奖、区教学能手、区教学标兵等称号。为不断提高自身素质,她积极反思课堂教学,总结教学经验,撰写的多篇论文分别在全国、省、市、区获奖。其中《扎实进行读的训练,培养学生阅读能力》获国家级论文二等奖、省级论文一等奖;《新课程 新理念 新教师——浅谈开发思维空间,立足学生发展》获省级论文一等奖;《浅谈如何轻松、愉快地学习语文》获省级论文二等奖;《试论"主体参与"》获市级论文一等奖;《一个小村庄的故事》获省级教学设计一等奖;教学随笔《鼓励学生发表自己见解是培养学生语文能力的重要手段》,在省 JIP 通讯和区教研资料上发表。

师生互动的课堂才精彩

山西省实验小学　许　冰

摘要：新课改的春风吹来了新思想、新方法。我积极加入教改活动之中，认真实践，努力还学生一个自由、快乐的学习空间。认真研读《课程标准》后我发现：只有真正的"发挥师生双方在教学中的主动性和创造性"才能激活课堂，激活学生。——怎样才能做到？首先必须深刻理解"师生互动"的意义：（1）师生互动有利于教师教学效率的提高；（2）师生互动有利于学生学习技能的培养；（3）师生互动有利于教师自身素质的提高。再有就是在课堂实践中切实做好实施工作：（1）改变角色，拉近师生心理距离是"师生互动"的前提；（2）尊重学生之间的个体差异是实现"师生互动"的重点；（3）"生活之中皆语文！"从生活出发，增强师生互动。通过"师生互动"改变传统的"要我学"为学生积极主动参与的"我要学"，从而使学生的主体地位得到了真正的体现，真正的实现新型课堂。成功的教与学，只有在实现"师生互动"后才能实现！

关键词：师生互动、主动性、创造性、语文学习

新课改的春风吹来了新思想、新方法；我仿佛已看到教坛满园春色、百花齐放，喜悦之下我不禁又有几分忧虑。忧的是我班孩子只知听话，毫无创新！忧的是我班孩子少言寡语，缺乏交流！忧的是我班孩子唯唯诺诺，毫无个性！这些"乖宝宝"，"好孩子"是不能适应现代教育的发展的。这些孩子之所以变成现在这样的无自我，原因就在于教师对低年级孩子信任不够，替学生做主过多，使孩子养成依赖别人的坏习惯，我明白改变我的教学已势在必行！认真研读《课程标准》后我发现：只有真正的"发挥师生双方在教学中的主动性和创造性"才能激活课堂，激活学生。

一、"师生互动"的意义

（一）师生互动有利于教师教学效率的提高

在教学活动中，教师是施教者，学生是受教育者，所以教师与学生之

间的互动是教和学的双向运动。在教学的全过程中，学生是认识的主体，发展的主体。教师应为学生的认识和发展提供种种有利条件，通过启发、引导、讲解、示范、督促、评价等等手段，使学生知道"应该学"和"怎么学"，使学生从愿意学、喜欢学到离开了教师也能学，这就是尊重学生的主动精神。因此，教师在教学过程中，绝不能违反学生的认识和发展规律，"教"只能为学生的"学"服务。

（二）师生互动有利于学生学习技能的培养

皮亚杰的研究表明，儿童的智能起源于主体对客体的动作。加里培林也认为，儿童在早期的学习中，智能技能的形成是外部操作转化成大脑内容的内化操作的结果。这充分说明了操作对于儿童发展的积极意义和重要作用。在语文学习中，要学懂一篇文章，只有通过平时的训练，如果光凭教师的分析，学生是根本不可能学会的。经常性地在教师的指导下，让学生主动地参与学习，有利于学生学习技能的形成。

（三）师生互动有利于教师自身素质的提高

教师由于对本学科教材的钻研和领悟不断深化，因而能在教学艺术上更有效地引导学生阅读教材、理解教材、进行新旧知识间的"正迁移"思维，更充分地发挥教师的主导作用。而学生在阅读、思索、领悟教材的过程中，必然会不断发现和提出许多教师尚未思考到的疑难问题，要求教师解答，这对教师有很大的启迪作用，能促进教师对教材、教法进行更深层次的探索。像这样教师启发学生、学生触发教师，不断循环往复，在教学中就会出现"双向提高"和"双向交流"的势态。教师通过"教"来促进自己进一步学习，更新自己的知识结构，让"学"来提高自己的教学业务水平，增长教学能力。

二、"师生互动"的实施

（一）改变角色，拉近师生心理距离是"师生互动"的前提

在我以往的课堂里，我负责教，学生负责学。教学就是教师对学生单向的"培养"活动。教学关系就是简单的"我给你收"。新课程把教学过程看成是师生交往，积极互动，共同发展的过程。它不仅是一种认知活动过程，更是一种人与人之间平等的精神交流。"交往"对教师而言意味着上课不仅是传授知识，更是一起分享理解，促进学习。于是我决定改变角色，拉近师生心理距离。

1. 拉近距离，首先从教学语言改革做起

　　课堂上我要求自己做到尊重学生，尊重学生的过错，尊重与自己不一样的意见；并鼓励学生独立思考，鼓励学生不懂就问，鼓励学生提出不同意见。

　　"你说得真好，老师想学学行吗？""这个问题，我是这样认为的……你同意吗？"这样的话语我常常不自觉地表达出来。孩子与我的心近了。"老师，我不同意这种看法，我认为……""老师你说的我还是不理解，我还是觉着我的有道理！"……

　　真高兴，孩子们成了"教师式的学生"而我成了"学生式的教师"，课堂实现了真正的互动交往。上《小猴子下山》一课时，在讲完课文后我出了一道扩展题：如果小猴子第二次下山他应该怎么做呢？其实答案已在我心中：他应该选择好一样自己最喜欢的东西，不要左顾右盼。但当我提问完后，一位学生提出"为什么小猴子只能选一样？我觉着如果他能在下山之前带一个大大的袋子就可以装多多的东西了呀！"一句话顿时激活了同学们的兴趣，大家议论纷纷。不久，同学们都有了自己的看法。其中一位同学说："如果小猴子一边走一边吃他找到的东西，回家时他就既可以吃得很饱又可以有东西带回家，这样多好呀！"还有人这样说："小猴子如果现在下山，就可以开上一辆大卡车，能搬运特别多东西。如果他没有，可以问我爸爸借！"虽然他们的想法不够成熟，虽然言语也不十分通顺，我却看到了他们思维闪现的火花，我热情地表扬了他们的理解，并鼓励他们："小猴子一定会谢谢你们，也特别想和你们交朋友呢！"

　　2．鼓励自主

　　在课堂中，我不代替学生读书，不代替学生感知、观察、分析、思考，不代替学生理解内容、感受事物。只是他们的合作者、引导者、促进者。

　　如学习生字时，让孩子们小组学习：自己读准音，想办法记忆字形，查字典想组词，自己说一句话。我还经常用游戏的方式帮助他们记忆。游戏能使低年级学生注意力高度集中，过度的精力得到渲泄。孩子在游戏中获得的认识是无意的，没有负担的，是轻松愉快而又感受深刻的。我在教学《春雨的色彩》一课的生字"趣"时，设计了一项有趣的"接力赛"训练，大大地减低了字形和书写上的难度。我在黑板上画了四个较大的田字格，让四组小朋友按笔顺和间架，分别上来写"趣"字。一人上来只能写一笔，写好这笔后，就很快地跑下去把粉笔传给下一个小朋友。游戏以大家评议写得最快最好的一组为优胜。游戏开始前，请每一个小朋友准备半分钟，看清记准"趣"字怎么才能写得对，写得好。这项训练以游戏方式进行，要取得优胜，必须掌握笔画、笔顺、结构、间架，而且要动作敏捷，群体合作好。学生在以高涨的情绪，自觉主动地去创优的过程中，自然就突破了"趣"字的学习难点。学课文时让学生自由读课文同学互相打分。自己提出问题、解决问题，疑难问题小组解决。"学会了什么，感受到了什么？"鼓励学生说出自己的意见。一个学期以来，学生的自主能力得到很大的提高。

(二)尊重学生之间的个体差异是实现"师生互动"的重点

心理学研究表明，影响学生学习质量的因素有：教师的因素，课程的因素，还有一个很重要的因素是学习者自身的因素。因为人有不同的遗传素质，不同的家庭背景，不同的人文环境，这就决定着人的思维方式不同，人的知识背景不同，人的生活经验不同，看问题的出发点、角度也不一样，所以学生学习产生差异是很自然的事情，这就意味着我们要尊重每一个学生的独特个性为每个学生富有个性的发展创造空间。

1．凸现个性

学习方式都是个性化的，没有放之四海都有效的统一方式。对某个学生是有效的方式，对他人却未必如此。传统教学我都是选择好学习方法让学生接受，无异于"老师设框框，学生进框框"的做法压制了学生的个性。因此，开展教改活动后，我将选择权还给学生，允许他们选择自己喜欢的段落，建立小组合作学习，允许他们选择自己喜欢的方法学习，展示成果。如我在上《大自然的语言》一课时，由于本课分别展示了蝌蚪、鱼鳞、三叶虫化石的"语言"，根据孩子的喜好不同，允许孩子自由选择任一段组成学习小组后，让他们选择自己喜欢的方法自主、合作学习。"老师我们想表演小蝌蚪""我们想讲故事""朗读行吗？"……孩子的方法多种多样、异彩纷呈，凸现了他们的个性。

2．发散思维、尽展独特

创新能力是新时期对人才提出的新要求。创新性思维则是可以通过各种方式逐渐培养的。尤其是小学生，他们的可塑性极强，只要老师加以引导再加以鼓励，孩子们会逐渐养成一种创新的习惯。我在学生自主学习的基础上，鼓励他们用自己的方式展示学习成果，或绘成图画，或合作表演，或感情朗读等等。汇报后，其他学习小组成员可以提出质疑，再展开讨论。

教师要善于引导学生以独具个性的眼睛去看，用独具个性的耳朵去听，用独具个性的心灵去体味感悟，获得与众不同的思维方法。

《春雨的色彩》是一篇语言优美，充满诗意的课文。讲的是春雨沙沙沙的下，三只小鸟在争论一个有趣的问题：春雨到底是什么颜色的？

125

"春雨是绿色的，春雨落到草地上，草就绿了。春雨淋到柳树上，柳枝也绿了。""春雨是红色的，春雨洒在桃树上，桃花红了。春雨滴在杜鹃丛中，杜鹃花也红了。""春雨是黄色的，春雨落在油菜地里，油菜花黄了。春雨落在蒲公英上，蒲公英花也黄了。"

多么恬美的意境，多么令人遐想联翩呀！学完这篇课文，孩子们沉浸在那对春天的想象中，从他们的小嘴里迸发出许多优美的词句。

一位名叫田佳灵的小姑娘站起来说："许老师，春雨还有其他的色彩。春雨把天空洗得更蓝了。""还叫醒了小河，哗哗地唱歌了。""我会唱春天的歌。许老师，我能给大家唱唱吗？"邓伊林说。顿时，50多双眼睛瞪大了好几号盯着我。"是吗？"我很惊奇，让她唱还是不唱？下面的同学看着我，几个孩子已毫无顾忌地哼唱起来。看着孩子们跃跃欲试的样子，我笑了，"好吧！"

"春天在哪里呀，春天在哪里……"

她的精彩表演使大家的情绪空前高涨。而后孩子们一起唱，配上动作，边歌边舞。"春天在哪里呀，春天在哪里，春天在那青翠的山林里。这里有红花呀，这里有绿草，还有那会唱歌的小黄鹂……"天真稚气的歌声在教室里回荡，讲台上站满了一群手舞足蹈、兴致盎然的孩子，当然还包括我这个老师，多么欢快的时光呀！

课堂上的这一幕，是我始料未及的。它当然不在我的教学设计之中。是孩子们的兴之所至感染激发了我，让我感悟到，课堂教学不应当是一个封闭的系统，也不应拘泥与预先设定的固定不变的程序，预设的目标在实施过程中可以根据学情纳入即兴创造的成分，甚至可以超越目标设定的要求。我想，这样的课堂会使我们的孩子获得更多的情感体验，使我们的语文教学变得更加生机勃勃，充满智慧。

春天的色彩不正是这样五彩斑斓吗？孩子们，想唱就唱吧！

这样一来，正符合了他们的心理特点，激起了他们自主学习的激情，使每一个学生都喜欢动脑，因为，课堂上再也不被某种标准答案控制，而且他们智慧的、新奇的想法都可以发表并得到认可，这样的课堂上涌动着活跃的生命力。

(三)"生活之中皆语文！"——从生活出发，增强师生互动

《语文课程标准》在"教学建议"中提出：语文学习"应沟通课堂内外，充分利用学校、家庭和社区等教育资源，开展综合性学习活动，拓展学生的学习空间，增加学生语文实践的机会。"以往我上完课后总是让学生抄写生字、读课文。如今，我不再将学生的视野和情感束缚于课堂内，束缚于老师的框框内，而是鼓励学生自主地进行语文系列实践活动。

1．交还权利

我认为学生有权力选择自己喜欢的方法复习巩固、延伸拓展本节课学到的内容。

如我上《小狐狸卖空气》一课后，学生选择复习拓展的方法多种多样，有的巧设游戏，复习生字：将"字"运用到"学习棋"上，很好地复习了生字的读音，字形，组词，造句等，真是寓教于乐。有的合作表演，巩固内容；有的拓展故事，绘声绘色；有的将本课内容自编儿歌，生动有趣……

2．开展活动

学生选择方法复习巩固，拓展延伸后，教师鼓励他们凭自己的兴趣建立小组开展活动。

学完《小狐狸卖空气》后，大家都知道了环保的重要性，可小狐狸的生意不好了同学们给小狐狸出主意：让他开了一间"花籽草籽专卖店"生意又红火起来了。我也将计就计买来许多花籽草籽，和孩子们一起动手把它们种在了校园里。

孩子们自己开展的语文实践活动充分有效地服务于教学之中，他们在课堂上显示出了生生不息的探索创造能力，由于课后进一步感兴趣的学习活动，更加有效地促进了他们的学习兴趣，所以课堂上提问题的、补充内容的、发表感想的同学真的越来越多了。课堂也从而真正的实现了"师生互动，平等对话"因为孩子们知道的确实很多。而且这些活动也有利于发掘学生的潜力，促进他们全面发展。

总之通过"师生互动"改变传统的"要我学"为学生积极主动参与式的"我要学"，从而使学生的主体地位得到了真正的体现，真正的实现新型课堂。成功的教与学，只有在实现"师生互动"后才精彩！

教师简介

许　冰，山西省实验小学语文教师。毕业于山西师范大学中文系，本科学历。在校期间，加入中国共产党。于2000年参加工作，工作至今本着"用心的教育，编织新教育之梦"的理念，一直努力向他人学习，不断向自己挑战，积极参加各级各类的教学公开课和赛讲活动。并获得了区级教学能手一等奖、区级电教能手一等奖、区级七项技能大赛一等奖等荣誉，担任的班主任工作也受到学生、家长及学校的一致好评并被评为区优秀班主任。在工作中，不断探索积累、总结反思，撰写并发表了大量的教学论文。是我校具有勃勃生机的一位年轻教师。

理想的课堂是以学生为主体的课堂

山西省实验小学　刘秀珍　张敏生

摘要：《新的数学课程标准》认为学生是自身生活、学习和发展的主体。现代教育应该把发挥和培养学生的主体性作为一项核心性的目标。在数学课堂教学中确保学生的主体地位，培养学生的主体意识。

关键词：民主　开放　活动　主体意识

主体教育思想认为学生是自身生活、学习和发展的主体，现代教育应该把发挥和培养学生的主体性作为一项核心性的目标。要培养和发挥学生的主体性，首先要确保学生在教育活动中具有一种实实在在的主体地位。新一轮课程改革为数学教学指明了方向，即应着眼于开放，唤醒学生的主体意识和开放意识，使数学教学真正走向学生的内心，滋养学生的心灵，促进学生的全面发展。下面我想就自己教学中的做法谈一些点滴体会：

一、建立民主的课堂，培养主体意识

《数学课程标准》强调：教师要从根本上改变教师是"知识的拥有者，是非的主宰者"的角色，这样才能真正体现学生的主体地位。教学实践也告诉我们在课堂中建立民主、和谐的师生关系，对学生在课堂中主体意识的培养起到了至关重要的作用。因此，教师应为学生提供熟悉的生活情境、感兴趣的事物、可操作的材料等，作为学生探索的对象或内容，使学生体会到数学就在身边，使数学教学具体、生动、直观形象。在教学过程中，教师要始终用平等的态度面对学生，以风趣的语言、热情的神态吸引学生，激发学生积极参与的欲望，使学生自始至终处于民主和谐的环境中。身心得到放松，思维就会异常活跃，加上教师适时的表扬、鼓励，学生就会感到老师对自己的信任与期望，情不自禁地全身心投入到学习探索之中，学习气氛必然活跃，教师这时在学生心中不仅是老师，更是朋友。他们在课堂里共同探索、共同体验成功的喜悦，确实体现了对学生主体意识的培养。

例如我在一次数学考试中，出了这样一道题：某人登山，上山每小时行 4 千米，下山每小时行 5 千米。这人上山和下山的平均速度是多少？在试卷分析时，有的同学设上山和下山的时间为单位"1"来做。

解：设下山的时间为单位"1"。

$$(1×5÷4×4)×2÷(1×5÷4+1)$$

解：设上山时间为单位"1"。

$$(1×4÷5×5)×2÷(1×4÷5+1)$$

有的同学设路程为单位"1"来做。

解：设上下山单程为"1"，那么总程为"2"。

$$2÷(1÷4+1÷5)$$

对于这些做法我都给予了肯定，本想继续讲评下一道题，这时我们班一位同学打断了我的话，并说他还有一种解法。我没有因为他打断我的话而批评他，也没有因为他影响了我的教学进度而让他下课再说，而是亲切地让他说出自己的解法。

$$4×5×2÷(4+5)$$

当时有不少学生认为这个算式不对，我也存有疑问。但我没有武断地加以否认，而是请这名学生说出列式的理由。"在路程一定的条件下，登山人行的速度与时间成反比。假设上山和下山的路程都是20千米，根据'路程÷总时间＝平均速度'就有了上面的算式。"这个孩子的侃侃而谈真是语出惊人。听了他的分析，大家不禁拍手叫好。我当即表扬了他，孩子们高兴极了，课堂气氛十分活跃，大家积极发表自己的见解，直到下课仍意犹未尽。由此可见，教师如果在课堂中为学生提供充分的"心理安全"和"心理自由"，让学生在课堂上充分发挥民主，并能虚心听取意见，这样就会真正体现对学生的尊重，体现对学生主体意识的培养。

二、建立开放的课堂，培养主体意识

开放性的数学课堂教学是指通过操作探究、合作研讨探索新知识或通过探究、交流、研讨与实践，运用数学知识解决日常生活中的实际问题。引导学生进行开放式的学习，这样学生的学习兴趣迸发了，学生的个性需要得到了满足，学生的心灵也就得到了解放。

《新的课程标准》中指出：教师是学生数学活动的组织者、引导者与合作者，要根据学生的具体情况，对教材进行加工，有创造性地设计教学过程；要正确认识学生的个体差异，因材施教，使每个学生都在原有的基础上得到发展，要让学生获得成功的体验，树立学好数学的自信心。数学课堂要营造民主、平等、宽松的学习氛围，这样可以减轻学生的心理负担，使学生积极参与、主动探索，促进学生的个性发展。数学课堂上让学生以小组进行讨论、思考，合作后集中各人的意见和方法，求得共同一致的认识。通过这种方法培养了学生的参与意识、尊重意识、合作意识和表现意识。因此教师在教学方法上要善于启发，引导学生自己去发现、去探究。课堂上教师还要敢于放下架子，处处体现出关怀、尊重、信任、理解每个孩子，给学生创造一种敢说、敢想、敢做的开放性课堂教学氛围，学生才能在多说、多想、多做的锻炼中，提高多角度、多层次的思维能力，才能激发学生主动参与的积极性，真正体现学生的主体地位，使学生成为课堂的主人。

例如：我在教学人教版六年制小学数学第八册《乘法分配律》时，当学生由具体的数学例子得出"几个数的和与一个数相乘，可以先把这个数与括号外的数相乘，再相加"，我启发学生大胆想象："由此，又能想到什么？"当几个学生试探地提出"是不是几个数的差与一个数相乘，也有这样的规律呢？"我故作惊讶："谁还与他们有相同的想法？"随着小手一个个地举起，我也把手举得高高的。"老师也有这样的想法，也想和你们一起讨论，行吗？"合作开始了，我穿行在他们中间，和他们一起讨论、研究。当学生又提出"几个数的和或差除以一个数，是不是也具有同样的规律呢？"我马上让他们继续实验，并在他们验证后追问为什么？对于课堂中的难点部分，我更多地将学生推上自主合作学习的舞台，真正把学习的主动权交给学生，努力使学生在倾听与辩论、接纳与赞赏、分工与合作中学到与他人交流的技巧、合作的技能。正是师生平等的合作，激发了他们的创造潜质，更使课堂充满了生机与活力。让学生在平等民主的基础上与老师合作，发挥师生间相互影响、相互启发的作用，让学生在主动参与中完成合作意识的内化与协作能力的提高，这正是师生合作的魅力所在。也正是这种开放的课堂，加深了对学生主体意识的培养。

三、建立活动的课堂，培养主体意识

《新的课程标准》指出：数学教学要体现数学源于生活又应用于生活的特点，使学生感受数学与现实生活的联系，感受数学的趣味和作用，增强对数学的理解，增强学习和应用数学的信心。新教材无论从内容的选择还是呈现方式上，都很好地体现了"以学生发展为本"的理念，图文并茂，形象直观，生动有趣，贴近学生生活，充满时代气息，教材中的很多题材都来源于学生熟悉的生活。开展活动型的课堂教学，学生就有更多的机会按自己的速度练习，按自己的方法思考，按自己的发展解答，也就落实了学生的主体地位。学生在探索活动获取知识的过程中，充分发挥情感因素

的作用，让学生树立学好数学的信心，培养学生克服困难、承受挫折的品质和毅力，唤起主体意识，主动地学习数学。

例如我在教学完人教版六年制小学数学第十二册《统计图表》这个单元后，我出示了三组数据，分别列举了"快乐旅行社"和"幸福旅行社"去年一年的旅行路线、价格、国内游客与国外游客的人数以及游客对两个旅行社评价的百分比这些数据，让学生根据统计表给出的数据选择一个旅行社绘制统计图，并根据绘制的统计图选举"小小导游员"向所有的游客（老师和全班同学）介绍本旅行社的情况。这样的教学既巩固了学生对统计表与统计图的认识，清楚了它们各自的特点，又使学生通过活动找到了知识的生长点，明白学习数学是为了更好的服务于生活实际这样的道理。再如教学完《长方体和正方体的体积》之后，我让学生集体想办法测量马铃薯的体积；教学完《长方体和正方体的表面积的实际应用》后，我在全班开展"我是小小设计师"活动，让孩子们设计自己的卧室，计算需要粉刷的面积……这种活动的课堂，学生乐于参与，灵活、多样、科学地展现出以学生为主体，注重培养学生主体意识的教学观念。

在课堂教学中，让学生主动参与学习，培养学生的主体意识是一种长期而艰巨的任务，需要我们不断实践、探索和总结。总之，教师要把课堂还给学生，让课堂充满生命的活力，使全体学生想学、会学。让学生在学习中发展积极参与的品质，从而确实培养学生的主体意识。

教师简介

张敏生，女，1973年出生，1993年毕业于太原师范普师专业，1997年太原师专文秘专业毕业，2002年省教院教管专业本科班毕业。中共预备党员，从教十三年来一直担任中高段数学教学工作，期间曾担任四年班主任，1998年被评为太原市骨干教师。工作期间曾参加了区两届金钥匙赛讲均获二等奖。多次承担学校的接待课、汇报课，撰写的论文多次获奖，其中《采用电教媒体，优化课堂结构》获全国电教论文二等奖，《培养应用题思维的方法》获全国学法指导论文一等奖，《让现代教育技术真正在教学课堂上熠熠生辉》获全国"三优"论文二等奖，撰写的教案《工程问题》和案例《让学生在交流中体会成功》均获太原市小学数学年会优秀论文和优秀案例一等奖。2004年获太原市导师团优秀徒弟，2005年元月获太原市义务教育课程改革先进个人。她的教育理念是："要点燃别人，自己就应是一团火，要以情感人，自己先捧出一颗温暖的心。"她以实际行动实践着自己的教育诺言，辛苦着并快乐着。

教学设计

方案集

语文学科

《一双手》 教学设计 (第二课时)

执教者：四川大学附属实验小学　高艳霖

教学目标：

1．能正确流利有感情地朗读课文。

2．了解张迎善一双手的特点，探讨这双手形成的原因，从而感受张迎善甘愿奉献的高尚情怀和造福大家的美好心愿。

3．学习抓住关键词句、联系上下文、结合生活经验理解文章的阅读方法，并用个性化的朗读表达自己的阅读体验。

4．渗透性体会数字说明的好处，认识以小见大，借手写人的写作手法。

教学重难点：

了解这双手的特点，在探讨形成原因的过程中，感受张迎善的美好心灵。

教具准备：

多媒体课件、图片。

教学过程：

一、开门见山，品读感悟

师：上节课，我们初次感受了张迎善的手。到底他的手是什么样子的呢？让我们一起来读读这 5 句话。（出示课件）

师：如果当时你就握住了这样一双手，你觉得这是一双什么样的手呢？为什么？

师：

1．初次感受：老松木

句子：（1）个别生谈。对，这就是我第一次握到张迎善的手时，非常直接非常深刻的感受。

2．生活感悟：木色

句子：(2) 个别生谈感受，还想读这句的孩子带着你的感受齐读这一句。

3．生活感悟：又硬又粗

句子：(3) 这里用了什么修辞手法：打比方。把掌面比做鼓皮，把手指比作三节老干蘑，大家把鼓皮、老干蘑打上点，生活中你见过的鼓皮、老干蘑是什么样的呢？这里说他的掌面像鼓皮一样，他的每一根手指就像这三节老干蘑，你从中体会到他的手怎么样？

理解"老茧"。什么是老茧？你见过哪些人的手上有老茧？在手的哪个地方有？而张迎善的手不仅磨出了老茧，而且布满了各个角落，足以看出什么？结合现在这种体会来读读这一句。

4．感悟：伤痕累累

句子：(4) 俗话说：十指连心哪！我们可以想象他的大拇指没有指甲的保护，每当一接触到泥土时该有多痛，手指各个关节都缠着线，这已经很不方便很不舒服了，却照样在劳作，线已经染成了泥色。这不折不扣的是一双伤痕累累的手。

5．对比体验：大

句子：(5) 这是我们按照他的尺寸画的一只手，请一个班上自认为手最大的同学上来和他的比一比。咱们的手都比不过他，怪不得作者说它是天下第一号大手。

师：让我们再次走进这5个句子，用朗读来品味这双手。

二、细读思索探究原因

师：读到这儿，面对这样一双丑陋不堪的手，你有什么疑惑？是啊，他的手怎么会成这样呢？让我们一起来看看他和记者是怎么说的？请大家看8到14段，分角色读课文。

师：你能从我们刚才读的地方找到他的手变成这个样子的原因吗？

三、深度领悟

师：就是这样一双粗糙有力，伤痕累累的手，却被林业局的同志称之为"创建绿色金库的手"。让我们一起走进19段，去看看这双手所创造的奇迹。

师：这段话中出现了这几个数字，这些数字让我们看到了他创下的很不平凡的业绩，也给我们留下了深刻的印象，请大家用（　　）把这些数字圈起来，把它们永远留在我们心中，让我们永远记住这样一双手！出示课件。

135

师：通过刚才的学习，我们了解了这双手的样子，也知道了它背后的故事，还看到了它所创下的奇迹。此时此刻，你觉得这还是一双怎样的手？为什么？让我们带着此时的赞叹，此时的敬佩再次走近这双手，相信你会有更加深刻的感受。齐读这 5 句话。

师：到这里，我产生了一个疑问，请大家帮帮我：这篇文章到底是在写张迎善这双手呢还是在写他这个人？为什么？

四、升华主题，小结

师：今天，我们一起感受了张迎善那双不同寻常的手。透过这双手，看到了他的朴实勤劳，他的无私奉献，他身上别样的美丽！其实，世界上还有许许多多这样普通而又不普通的手，他们和张迎善一样，在普通的岗位上默默奉献着自己的青春和力量。课后请大家仔细观察，试着把它们写一写。

教师简介

高艳霖，女，24 岁，毕业于四川省教育学院，从事小学语文教学 4 年。曾有 2 篇教学实录获国家级二等奖，2 篇教学论文分别获四川省二等奖和成都市三等奖，多次参加各级各类教育教学研讨活动，积累了一定的教育教学经验。

《放弃射门》教学设计

执教者：吉林省长春市西五小学　石　媛
指导教师：丁国君

一、教学目标

1．知识教学点

（1）学会生字、新词。

（2）理解课文内容。

2．能力训练点

（1）培养学生设身处地地去感悟词句的能力。

（2）引导学生在读懂句段，了解段与段之间联系的基础上练习有感情地朗读课文。

（3）培养学生的概括和想像能力。

3．德育渗透点

（1）体会球星福勒那种保持足球运动团结的品质。

（2）激发学生对足球的热爱之情。

4．美育渗透点

感受足球场上的人性美。

二、重点难点

理解重点和含义深刻的句子，从而体会那种人性美。

三、教师活动设计

（1）引导学生通过理解语言文字来感受文中包含的人性美。

（2）通过教师自身的情感来调动学生的情感，使其设身处地去感悟，去交流，去表达。

1．导入新课

同学们，你们喜欢足球吗?足球场上最精彩、最激烈的瞬间就在射门的一刹那，那是叫人如此地着迷，很多人为它而疯狂！可今天我们要学的课文题目却叫"放弃射门"（板书课题）。

137

2．自由读课文，提出不懂的问题

（1）自由读文，记录下不懂的问题。

（2）小组交流，如能在小组内解决的问题，组内解决；不能解决的，进行归纳。

（3）全班交流并归纳所提出的问题。

①足球运动员福勒是在什么情况下跌倒的?

②福勒为什么在那种情况下请求裁判收回处罚而且放弃射门?从中我们能看出什么?

③理解最后一句话。

④文章第 1、2 自然段有什么作用?

3．全班交流

（1）在什么情况下，运动员福勒跌倒了?

对方守门员西曼在明知自己如果扑到福勒的身上，自己必然受伤，还可能被罚点球的情况下还是像疯了一样，不顾一切扑出球门，福勒怕踢中西曼，所以才在已完成百分之九十的射门动作只差最后一击时，福勒将脚收回。由于出脚太猛，又收得太疾，身体失去平衡摔倒在地。

在处理此问题时，教师要引导学生弄清：福勒完全可以不跌倒，而辉煌射门，而西曼受伤也是后果自负，还要被罚点球。

（2）在这种情况下，福勒为什么请求裁判收回处罚并且放弃射门呢?

解决这个问题，教师要适时引导学生推想福勒的内心和结合看图来帮助理解。

4．谈感受

（1）读了这篇文章，你有哪些感受或收获?

引导学生从内容和写法两方面来谈。

（2）此时，你最想说些什么?

对福勒，对球迷，对同学们三个方面。

教师简介

（见本书《多元智能教学之身体动觉智能和自我认识智能的结合——课堂改革之我见》文后）

《月亮湾》教学设计

执教老师：山西省实验小学　马爱灵

指导老师：牛冬梅　刘秀珍

教学内容： 苏教版小学语文第四册《月亮湾》第二课时

教学目标：

1．能正确、流利、有感情地朗读课文。

2．能联系前后文及生活实际理解词句；学习作者有顺序地观察表达的方法。

3．通过朗读、想象，感受月亮湾的美丽景色，激发热爱家乡的思想感情。

教学重点： 通过重点词句的朗读、想象，感悟月亮湾的美丽。

设计理念：

1．新课标把"喜欢阅读，感受阅读的乐趣"放在1－2年级阅读教学要求的第一条，因此，采用多种手段为学生创设情境，鼓励学生自主学习，让学生喜欢阅读，感受阅读的乐趣，是本课教学设计的指导思想。

2．新课标强调阅读教学是学生、教师、文本之间的对话过程，"是学生的个性化行为"，因此，本课教学设计以"读"为主，通过多种形式的朗读，让学生充分与文本对话，激发学生的丰富想象，唤醒学生的生活体验，使学生在朗读、想象与自身体验的碰撞中，加深理解和体验，有所感悟和思考，同时受到情感熏陶，获得审美乐趣。

教学过程：

一、导入新课，明确目标

1．同学们，大家都知道，我们的祖国地大物博，山河壮美，无论是塞外的骏马秋风，还是江南的小桥流水，无论是西北的大漠孤烟，还是海岛的椰树骄阳，每一片土地都在向人们展示着它独特的魅力。昨天，我们就一起认识了江南的一个依山傍水的小村子，还记得它的名字吗？对，是月亮湾。（板书课题）

139

2．上节课我们初步"游览"了"月亮湾"，这个小村子给你留下一个怎样的印象呢？（生自由发言）

3．这节课就让我们再次随课文走进"月亮湾"，去感受一下那里特有的美丽。

二、整体感知，理清条理

1．首先来欢迎我们的是一些词语朋友，可是它们"站错位置了"，请同学们仔细读读课文帮它们排排队。

出示词语：村后　小河　村前　茶园　河岸

2．自读课文之后想一想这些词语应按怎样的顺序排列，并和同桌交流一下，说说你是怎么排的，为什么这样排？

3．全班交流，理清课文的条理。

三、朗读、想象，理解、感悟

1．默读课文二、三自然段，一边读一边想象句子所描述的画面，把你认为最美的"镜头"，用我们特制的"照相机"拍摄下来。

2．学习第二自然段。

（1）读后交流：说说你在村前"拍摄"了哪些"镜头"，为什么选这个"镜头"？

（在学生交流时，主要抓住以下几个句子进行感悟、训练）

第1句：村子的前面有一条月牙一样的小河，河上有座石桥。

A 想象、感受"月牙一样"的小河。（指名读、齐读）

B 从这句话中你还知道了什么？（了解"月亮湾"名字的由来）

第3句：

A 比较句子，说说哪句好，好在哪里？

河水倒映着小桥、绿树和青山。

清清的河水倒映着小桥、绿树和青山。

B 指导美读。

第4．5句：河岸上长着许多桃树。春天，树上开满了桃花，远远望去，像一片灿烂的朝霞。

A、理解词语"灿烂""朝霞"。

B、说说你对这个句子的理解。

C、指导美读。

第6句：过了桥，是一片绿油油的农田。

　　句子训练：过了桥，是一片绿油油的农田，就像 _____

_____。

　　（2）小结第二段内容，齐读。

　　3．学习第三自然段。

　　（1）说说你在村后"拍摄"了哪些"镜头"？

　　（2）从村后茶园不时飘来的笑声中你想到了什么？

　　（生自由发言，师随机引导学生去感悟村民们的勤劳和生活的幸福）

　　（3）指导美读。

四、整体深化，延伸拓展

　　1．月亮湾的确是个美丽的村子，村前景色迷人，村后茶园飘香，怪不得作者在第一段非常自豪地说：（齐读第一段）

　　2．其实，我们的家乡太原也非常美，让我们来欣赏一组图片（播放太原风光图片）。

　　同学们，看到了吗？那巍巍的双塔，那迷人的迎泽，那古老的晋祠，那美丽的汾河，也正以它特有的魅力迎接我们的到来，让我们也拿起手中的笔，夸夸我们的家乡，让世界更了解我们太原，让我们太原走向世界。

教师简介

　　马爱灵，女，33岁，毕业于山西师范大学汉语言专业。山西省实验小学语文教师，小教高级职称。先后曾荣获全国目标教学录像课大赛二等奖、全国说课录像大赛二等奖、山西省教学能手、太原市学科带头人、太原市教学标兵、太原市高水平骨干教师、太原市中小学教师课堂教学七项技能大赛二等奖，并多次在市级语文教学研讨及培训会上做公开课。她撰写的论文《发挥情感效应　让课堂充满活力》获省级论文一等奖，《营造乐学氛围　促进主体参与》获省级论文三等奖，《理解　品味　积累　运用》获市级论文一等奖，《我最喜欢的一张照片》教学设计在国家级刊物《小学教育研究》上发表，《小英雄雨来》课文导读在国家级刊物《学习方法报》上发表，教育案例《找到儿童世界的通行证》发表于全国德育教育案例选集《春泥护花》。

《"诺曼底"号遇难记》教学设计

执教教师：福州实验小学　郑蓝华
指导教师：福州实验小学　林　珍
课件制作：福州实验小学　潘　鑫

教学目标：

1．学会本课生字、新词。

2．理解课文内容，了解"诺曼底"号遇难的经过；感悟哈尔威船长在指挥救援工作中表现出的忠于职守、舍己救人的崇高品质，体会他的伟大人格魅力；领悟文中渗透的处事道理。

3．有感情地朗读课文，积累文中的好词好句。

教学重难点：

通过语言文字，感悟哈尔威船长在指挥救援工作中表现出的崇高品质，体会他的伟大人格；领悟文中渗透的处事道理。

教具准备：

多媒体课件。

教学时数：

三课时

教学过程：

第一课时

一、音乐导入，简介作者及"诺曼底"号，学生读题质疑

二、初读感知

1．自学生字词，自读课文。

2．检查自学效果。

（1）检查生字词语的读写及意思理解。

（2）指名朗读，要求读通读顺。

142

3．理清文章脉络。

（1）按故事的开端、发展、高潮、结局给全文分段，整体把握课文。

（2）概括主要内容。

三、以竞赛形式进行

五分钟内再通读全文，合上书，回答问题，加深对课文的了解（结合学生回答，老师略作点评、补充）

四、请学生复述故事内容，交流自己初步感受

如人物形象特点及形象意义等初步认识。

五、小结过渡

第二课时

一、复习导入，提出问题

哈尔威船长是如何指挥救援工作的？默读课文，画出相关语句。

二、研读课文，领悟人物形象

（一）哈尔威船长开始是怎么指挥的？

1．出示第13自然段。

2．船长为什么要"大声吼喝"？联系上下文理解。

①意外；　　　　　　②情况危险；　　　　　　③一片混乱。

（视频演示海难混乱场面，指导朗读）

3．意外事故发生了，面对危险，面对混乱的人群，哈尔威船长站在指挥台上大声吼喝：——（学生齐读吼喝的话语）

4．从这些话中你体会到什么？（引导领悟船长形象并相机指导朗读）

（二）但是，人们并没有像船长说的那样去做，可怕的事发生了，到底发生了什么？

1．"疯了似的"、"不可开交"是怎样的一种情形？（学生想象后看有关视频影片，相机指导朗读）

2．理解这样乱下去的后果。

3．作为船长，决不容许这种情况发生，他又是如何指挥的？

（1）学生交流。

（2）出示对话。

143

①学生自己读一读。

②师生分角色读。

③问：什么够了？（救援时间够了）

船长在了解到什么情况后说"够了"？（提示：炉子灭了，机器停了，意味着什么?）

（3）问：在了解了这些情况后，船长下了两道命令，哪两道命令？

"命令"用什么语气读？

船长用枪威胁争先恐后逃生的人，他这样做对吗？（对比反复品读、评读中，深化认识，升华情感）

4．从这些对话中，你又感受到这是一个怎样的船长？

（三）船长的话，船上的人都明白了吗？大家怎么做？

（四）引读：救援工作进行得——（学生接），突然，船长又想起了谁，他喊道：——（学生接）时间一分一秒地过去，关键时刻船长又喊道：——（学生接）

理解"伟大的灵魂"。

引读课文片段。

三、课件音乐响起，师深情朗读最后三个自然段

1．透过阴森森的薄雾，凝视着这尊黑色的雕像，你们想说什么？（任选一种身份，想象说话）

2．指导学生朗读最后一个自然段。

四、总结全文

第三课时

一、复述故事情节

二、赏析文章写作技巧

1．举例说明本文运用语言、动作等细节描写刻画人物的方法。

2．找出课文中写雾的语句，体会自然环境描写的作用。

……

三、指导写心得笔记

《"诺曼底"号遇难记》中，船长营救了所有人，自己却与轮船同归于尽。如果你被感动了，如果你联想起别的事，就拿起笔写一写你的心得吧。

教师简介

（见本书《注重朗读指导优化课堂教学》文后）

《可贵的沉默》教学设计

广东省深圳市南山区育才一小　蔡　谧

任课年级： 三年级

教材内容： 人教版语文教材三年级下册第五组第 17 课《可贵的沉默》。

课前准备： 学生预习课文，预习要求：

1．读通课文，了解课文讲了一件什么事。

2．自学生字词，不理解的词语查字典或联系上下文理解。

教学设计方案：

教学目标：

1．能正确、流利、有感情地朗读课文。

2．理解课文内容，体会孩子们沉默的原因及意义。

3．理解题目的深刻含义，让学生在学习中感受父母对自己的爱护，学习如何去关心和爱护别人。

教学重点： 理解孩子们的情绪变化，懂得回报父母的爱。

教学难点： 体会沉默的可贵。

教学准备： 课件。

教学过程：

一、析题，引发思考

1．板书"沉默"，知道这个词是什么意思吗？怎么读这个词？

2．板书"可贵的"，指导读课题。

3．"沉默"是不说话。不说话又怎么会"可贵"呢？猜一猜，为什么会说"沉默"是"可贵"的？

4．引入课文学习。

二、整体感知课文内容

1．朗读课文，把课文读通读顺，画出老师提出的问题。

2．汇报画出的句子，引导归纳，老师共提出三个问题，分别是：

A "爸爸妈妈知道你的生日在哪一天吗？" "生日当天，爸爸妈妈向你们祝贺吗？"

B "你们中间有谁知道爸爸妈妈的生日，请举手"，"向爸爸妈妈祝贺生日的，请举手"。

C "怎么才能知道爸爸妈妈的生日呢？"

3．出示三幅图（课文中的两幅插图，另一幅为第一幅图的复制），想想三幅图分别反映了哪次问题提出后教室里的情景。说说为什么？从而引导学生整体感知课文内容。

三、再读课文，由画入文

1．过渡语：为什么说沉默是可贵的？下面我们就深入三幅画面，找找其中的原因。

2．再读课文，在文中勾画出描写三幅画面的语句。读一读，看看能体会到什么。

四、学习第一幅画面，感受父母的爱

1．抓两个重点句，体会孩子们的高兴、骄傲的心情，指导朗读。

（1）他们骄傲地举起了手，有的还神气十足地左顾右盼。

（2）我的情绪迅速地传染给了他们，他们……父母祝福……

2．分角色朗读、模拟表演，再现课堂热烈的场面，进一步感受孩子们的高兴。

3．讨论：为什么孩子们会这么高兴、骄傲呢？（他们为得到了父母的爱感到高兴）

五、学习第二幅画面，懂得回报爱

1．出示句子："孩子们会感受爱了，但这还不够。我想去寻找蕴藏在他们心灵深处的、他们自己还没有意识到的极为珍贵的东西。"

这"极为珍贵的东西"指的是什么呢？我们接着学习第二幅画面。

2．重点理解以下几个重点句。

A："霎时，教室里安静下来。我把问题重复了一遍，教室里依然很安静。过了一会儿，几位女学生沉静地举起了手。"指导读出安静的感觉）

B："教室里寂然无声，没有人举手，没有人说话。孩子们沉默着，我和孩子们一起沉默着……"

"寂然无声"，静到什么程度？指导朗读。

C："沉默了足足一分钟，我悄悄地瞥了一下这些可爱的孩子们——他们的可爱恰恰在那满脸犯了错误的神色之中。"

平时，你觉得一分钟长吗？为什么说"足足一分钟"呢？

在这一分钟里，孩子们在想什么呢？师生共同静静沉默一分钟，把自己当作文中的主人公去想象，把自己所想到的用一句话写在插图旁边。

六、学习第三幅画面，悟沉默的可贵

1．理解句子："教室里又热闹起来，只是与沉默前的热闹不一样了。"这两种热闹有什么不同呢？

2．结合16自然段的内容想象课堂上热闹的情景。

3．小组讨论：为什么说孩子的这种沉默是可贵的？

七、总结拓展，升华情感

1．出示，朗读：

A、《增广贤文》羊有跪乳之恩，鸦有反哺之义。

B、孟郊《游子吟》

2．就像课文中说的"只要你表达了自己的爱，再稚拙的礼物他们也会觉得珍贵无比。"

你想对爸爸妈妈说些什么，又想为他们做些什么呢？

3．总结，结束教学。

板书设计：

可贵的沉默

感受 → 爱 ← 回报

教师简介

蔡 谧，男，1972年生，湖南长沙人，本科学历，小学语文高级教师。2003年调入深圳，现担任深圳市南山区育才一小语文教研组长兼语文教师。从教16年来，一直默默耕耘于小学语文教学的第一线，取得了一定的教育教学成果：先后担任湖南省长沙市小学语文教育学会专业委员会理事，湖南省小学教育管理协会会员，多次被评为市区级先进教育工作者。曾执教《詹天佑》一课获全国第三届小学计算机辅助教学观摩二等奖。执教《只有一个地球》一课在全国"信息技术与学科课程整合现场观摩交流会"上进行观摩交流。执教《书的故事》获长沙市小学语文青年教师阅读教学竞赛一等奖。说课《陶罐与铁罐》获深圳市南山区说课竞赛一等奖。另有多篇论文在刊物上发表或在各级竞赛中获奖。

《蚂蚁和蝈蝈》教学设计 (第二课时)

执教老师：江苏省泰州市城东中心小学　陈红芳

指导老师：陈　岚

一、教学要求

1. 正确地读通课文；有感情地读好课文；最后能水到渠成地背诵课文。

2. 让学生懂得只有辛勤劳动才会获得幸福生活的道理。

二、教学重点、难点

在读中体会、酝酿感情，在读中真正悟出"只有辛勤劳动才会获得幸福生活"的道理。

三、教具准备

多媒体课件（自备）。

四、教学方法

情境教学，以读悟情。

五、教学过程 (简案)

(一)感受冬天

1. 我们刚刚认识了哪两位朋友？（板书课题）

2. 真想知道他们现在在干吗？（出示图片）

3. 指导学生观察蚂蚁、蝈蝈过冬的画面。说说你看到了什么，想到了什么？

(1)引导学生入境：打开窗户，看到了什么？（理解"刮"）

(2)走进蚂蚁的房间，你闻到了什么，听到了什么？（理解"温暖"）

(3)如果你是一只小蝈蝈，你有什么感觉，会想些什么？

(理解"又冷又饿""再也神气不起来了")

4. 记住刚才的感觉，试一试，有感情地读第三自然段。

(二)回忆夏天

1. 过渡："蝈蝈再也神气不起来了"那蝈蝈什么时候比较神气，他们

148

对谁神气呢?

2．自己朗读第一、二自然段,试一试你是喜欢读写蚂蚁的这段,还是写蝈蝈的这段。

3．指导学生有感情地朗读。

(抓住重点词"真""有的……有的……""满头大汗""自由自在",在读中理解,读中对比。)

(三) 讨论深化

1．学到这里,这两位朋友给你留下了什么印象?

(鼓励学生发表自己的见解,并说说自己从课文中找到的依据。其实也复习了课文中的重要句段。)

2．你有话对蚂蚁、蝈蝈这两位朋友说吗?有就大胆说出来。

3．(回到四幅画面)引导"蝈蝈也想过上幸福生活,热心的小朋友,能告诉他们秘诀吗?)

(揭示道理,适当拓展延伸,续编故事)

(四)演绎文本

1．看图背诵。

(分步指导:第一次出示图和部分关键词语,第二次只出示图,第三次让学生想象图,配上动作)

2．看图配音。

(出示图片,根据课文内容,再发挥自己的想象,进行图片解说)

3．"看图背诵"和"看图配音"结合起来就是一场精彩的课本剧表演。

六、板书设计

20．蚂蚁和蝈蝈

	夏天	冬天
蚂蚁	满头大汗	(根据学生回答填写)
蝈蝈	自由自在	(根据学生回答填写)

七、布置作业

把这个故事讲给爸爸妈妈听,能边讲边表演就更好了。

教师简介

(见本书《语文课堂呼唤优化的教学语言》文后)

数学学科

《美丽的轴对称图形》教学设计

执教老师：江苏省泰州市城东中心小学 郑丽萍
指导老师：王友明

教学目标：

1. 初步认识轴对称图形，理解轴对称图形的含义，能找出轴对称图形的对称轴，并能用自己的方法创造出轴对称图形。

2. 通过观察、思考和动手操作，培养学生探索与实践能力，发展学生的空间观念。

3. 引导学生领略轴对称图形的美妙与神奇，感受现实生活、自然世界中丰富的对称现象，激发学生的数学审美情趣。

教学过程：

一、游戏引入，激趣蕴思

同学们，老师这儿有一张白纸现在给你，你准备怎么玩？想知道老师怎么玩吗？先把这张纸对折，然后从折痕的地方任意地撕下一块，打开展示。想玩吗？不妨这样一起来玩一玩。选几张作品贴到黑板上展示。

提问：这几个图形大小、形状一样吗？但是它们好像有一个共同的地方，你发现了吗？先同桌两人说说，然后全班讨论交流。

二、参与探索，体悟特征

1. 结合学生的撕纸作品，引导学生进行观察、比较、概括出这类平面图形的特点。在此基础上，引导学生结合图形的特征（对折后，折痕两侧完全重叠），师生共同揭示轴对称图形的概念。

2. 从"轴"字出发，引导学生认识轴对称图形的对称轴，并通过说一说、指一指、画一画，深入认识对称轴，体会"对称轴是折痕所在的直线"这一内涵，并再次感受轴对称图形的特征。

3. 结合轴对称图形的特征，判断给出的平面图形中哪些为轴对称图形。

(1)学生根据经验大胆猜想。

(2)结合手中的学具，小组合作，共同验证猜想。

(3)大组进行交流，着重引导学生说清判断的依据。

（4）引导学生理解一般三角形的"非对称性"及等腰(边)三角形的"对称性"，并由此类推到梯形、平行四边形等。

(5)根据活动经验，判断如下一些轴对称图形的对称轴的条数。(圆、等腰梯形、正五边形、半圆等)

三、多向拓展，升华认识

1．出示一张教师的名片从中你能找到哪些轴对称图形？可以从姓名、学校、电话等角度思考，学生自由回答。

2．国旗是一个国家的象征。你能在下面一些国家的国旗中，找出哪些是轴对称图形吗？（说明：我们这里研究的是国旗上面的图案）师点一个国旗，学生抢答。（动画演示）

3．一些交通标志图案也是轴对称图形，你能找到吗？

出示六幅交通标志图，知道它们表示什么吗？（黄色代表警示标志、红色代表禁止标志、蓝色代表指示标志）

如果是轴对称图形把它的序号写在白纸上。指名回答。

4．出示轴对称图形的一半，让学生想象是什么标志。

5．欣赏人们设计创造出来的对称美。（赵州桥、唐装、刺绣、剪纸、脸谱、汽车标志、银行标志、千手观音）

6．欣赏大自然中的对称美。（蝴蝶、蜜蜂、大雁、彩虹、落叶）

7．总结：同学们，奇妙的对称赋予了我们一双能够欣赏美的慧眼，让我们用这双慧眼去发现更多美丽的对称，感受对称除了外形美观以外，更有令你意想不到的神奇吧！

教师简介

(见本书《教师怎样关注学生课堂生活》文后)

《轴对称图形》教学设计

执教者：广东省深圳市南山区育才一小 王海玲

教学内容

苏教版课程标准实验教科书数学三年级（下册）例题，"试一试"及"想想做做"相应练习题。

教学目标

1．使学生初步认识轴对称图形，理解轴对称图形的含义，并能用自己的方法创造出轴对称图形。

2．通过观察、思考和动手操作，培养学生探索与实践能力，发展学生的空间观念。

3．引导学生领略轴对称图形的美妙与神奇，感受现实生活、自然世界中丰富的对称现象，激发学生的数学审美情趣。

教学重难点

初步体会生活中的对称现象，认识轴对称图形的一些基本特征，并初步知道对称轴。

教学过程

一、从情境中导入

1．谈话：（课件演示）《咱们是一家人》。

2．观察、讨论。

提问："同学们，小蝴蝶为什么说在数学王国里他和蜻蜓、树叶是一家呢？他们有什么共同的特点吗？"

（引导学生观察它们的形状，认识到"它们都是对称物体"），"这些物体美吗"？

二、在操作中探究

1．演示：将对称物体画下来，得到一些平面图形。然后引导学生通过动手折一折、比一比，感受这些图形"对折后两边完全重合"的特征，从而自然揭示出"轴对称图形"的概念。

2．老师出示这三个平面图形。

要求：小组同学拿出这三个图形，折一折，比一比，看看发现了什么？

学生汇报。

学生演示对折图形，左右两边完全重合。

3．小结：像这样，对折以后，能完全重合的图形叫做轴对称图形。板书。

三、在练习中巩固

1．结合轴对称图形的特征，判断下列图形是否为轴对称图形。

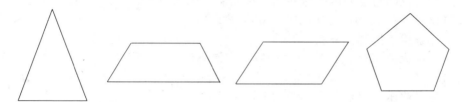

（1）学生根据经验大胆猜想。

有没有什么办法来验证猜想？

（2）结合手中的学具，小组合作，共同验证猜想。

同桌合作，折一折，比一比。

（3）大组进行交流，着重引导学生说清判断的依据。

选择一个图形，说一说是不是轴对称图形，并且说说为什么。

2．考考你眼力。

分组活动，丰富学生对于轴对称图形特征的认识。

教师发给每个小组一组图形或图案（见教材"想想做做"中的部分习题），然后引导学生以小组为单位展开研究，判断其中哪些图形是轴对称图形。

随后大组交流，引导学生说说判断的依据。

汇报研究结果，并说明理由。

老师电脑演示对折验证。

四、从欣赏中激情

1．同学们找出了好多轴对称的图形，其实在我们的自然界和现实生活中，具有轴对称特性的例子有好多，你能说给 大家听一听吗？

2．老师也搜集了一些这样的例子，让我们一起来细细欣赏。

153

3．通过欣赏，你有何感想呢？

五、在创作中展现

1．完成"我的另一半"。

提供给学生只有一半的图形，让学生应用轴对称图形的特点，画出完整的图形。

2．让学生展开丰富的想象，用灵巧的双手来设计一幅美丽的轴对称图形。

我们认识了许多美丽的轴对称图形，你们是否愿意做一幅这样的作品送给自己的好朋友呢？这里有一些材料，请大家先讨论一下，准备怎么做？（材料主要是手工纸、剪刀、水彩笔等）

学生汇报制作方法.

请大家采用你喜爱的方式剪一幅漂亮的作品，并写下你对好朋友的赠语。

在欢乐的音乐声中，学生剪出自己认为最美的图案，写上自己的寄语，并向全班同学展示。

教师简介

（见本书《构建充满活力的数学课堂》文后）

《升和毫升》教学设计

执教者：福建省福州实验小学　林　钦
指导教师：福建省福州实验小学　杨承军　施　梅
课件制作：福建省福州实验小学　吴瑞平

教学目标：

1．知识与技能：认识"升和毫升"这两个单位，知道 1 升和 1 毫升有多少，1 升＝1 立方分米，1 毫升＝1 立方厘米。

2．过程与方法：经历猜想、验证，充分体验 1 升和 1 毫升有多少。

3．态度与情感：感受类比、猜测等数学思想方法，知道 1 升和 1 毫升有多少，培养空间观念。

教学重点：知道 1 升和 1 毫升有多少。

教学难点：对容器容积多少的估计

教学过程：

一、导入新课，揭示课题

1．复习常用的体积单位，揭示课题。

2．师生介绍生活中升和毫升的例子。

二、教师演示，沟通新旧知识的联系

1．介绍 1 毫升和 1 立方厘米的关系。

出示体积是 1 立方厘米的正方体，说明 1 毫升就是 1 立方厘米，并板书。

2．1 升和 1 立方分米的关系。

教师演示把装满容积是 1 立方分米的正方体容器里的水倒进 1 升的容器中，刚好倒满，说明 1 升 =1 立方分米，并板书。

三、观察类比，体验升

1．用 1 升水估计教师手中的饮料的体积和容器的容积。

155

2．如果把 1 升水倒入相同的一次性杯子中，猜猜能倒满几杯？（教师演示）

四、自主操作，体验毫升

1．猜猜 1 杯水的体积有多少？也就是这个一次性杯子的容积是多少？

2．介绍测量工具：量杯和量筒。

3．用量杯检验 1 杯水的体积有多少。

4．用汤匙舀 1 次性杯子里的水，要几次舀完？算算 1 汤匙大约是多少毫升？

5．体验 1 毫升的水有多少。

（1）用针筒吸 1 毫升的水，看看 1 毫升的水在针筒里有多少。

（2）把 1 毫升的水滴在汤匙中，数数 1 毫升水能滴几滴。并仔细观察汤匙里 1 毫升的水有多少。

五、实践应用

1．在括号里填上"升"或"毫升"。

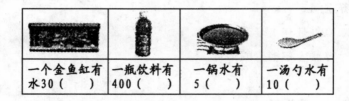

| 一个金鱼缸有水30（　　） | 一瓶饮料有400（　　） | 一锅水有5（　　） | 一汤勺水有10（　　） |

2．下面容器里大约能盛多少升水，在合适的答案下面画"√"。

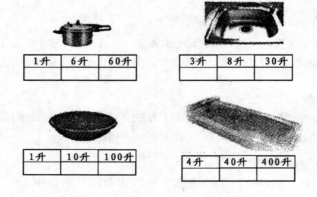

| 1升 | 6升 | 60升 |

| 3升 | 8升 | 30升 |

| 1升 | 10升 | 100升 |

| 4升 | 40升 | 400升 |

3．购买哪种包装的牛奶比较合算？

2.50元　　　　3.80元　　　　9.00元

4．喝水体验。（结合健康教育）

六、课外实践作业

小调查：1个关不紧的水龙头，1分钟就会流失多少水？计算1小时就浪费多少水？1天呢？请提出你的倡议。

教师简介

（见本书《亲历学习过程　在体验中成长》文后）

《长方体的表面积》教学设计

执教者：四川大学附属实验小学　邵　琳
指导教师：四川大学附属实验小学　龙　旭

教学内容：长方体的表面积

教学目标：

1. 通过动手使用学具，使学生理解和掌握长方体的表面积计算公式。

2. 通过操作学具、动脑思考，培养学生的观察、抽象、概括能力。使学生熟练掌握长方体表面积的计算公式，能够利用计算公式解题。

3. 培养学生养成良好的研究知识的习惯及应用所学知识的意识。

教学重点：理解和掌握长方体表面积的概念。

教学难点：计算长方体表面积的方法。

教具：长方体（可展开）、电脑课件。

学具：长方体纸盒、剪刀。

教学过程：

一、导入

上节课，我们认识了长方体和正方体（电脑出示），请同学们回忆一下，你们都知道有关长方体、正方体的哪些知识呢？这节课我们就来继续学习有关长方体和正方体的知识。（板书课题）

二、新授

(一)长方体和正方体表面积的意义。

1. 教师提问：什么叫做面积？

长方体有几个面？ 正方体有几个面？

（用手按前、后，上、下，左、右的顺序摸一遍）

2. 教师明确：这六个面的总面积叫做它的表面积。

3. 学生两人一组相互说一说什么是长方体的表面积，什么是正方体的表面积。

4．教师板书：长方体或正方体 6 个面的总面积，叫做它的表面积。（演示课件"长方体的表面积"）

(二)研究长方体的表面积计算方法。

1．操作学具，研究长方体的表面积。

请各小组同学研究一下你们手中的学具长方体，看看它的表面积是多少，你是如何得到结果的。

2．汇报研究结果。

谁愿意说一说，你们小组讨论的结果？

3．总结长方体表面积的计算方法，引导学生寻求最简方案。

教师小结： 计算长方体表面积最关键的是根据长方体的长、宽、高，找出每个面的长和宽。但在实际生活和生产中有很多实际情况，我们要根据实际情况灵活运用计算表面积的方法。

4．研究求积算料中缺少一个面，两个面，三个面等情况的计算方法。

三、巩固反馈

1．一个长方体的长是 6 厘米，宽是 4 厘米，高是 5 厘米，这个长方体的表面积是多少平方厘米？

2．出示一个实物鱼缸并提问：制作这样一个鱼缸至少需要多少玻璃？在制作前你需要做哪些准备工作？

3．粉刷教室

师问：粉刷教室时你都需要哪些数据？计算时应该注意什么？

使学生明白粉刷教室时，应把教室看作一个长方体，但是在六个面的总和中要扣除门窗和地面的面积。

四、巩固练习

教师简介

邵琳，女，本科学历，小学高级教师，成都市小学数学骨干教师研修班毕业。1991 年从教以来，一直从事小学数学教学与研究工作，曾获区文明教师。参加全国小学数学信息技术与课堂整合技能赛获二等奖。多次在报刊、杂志上发表教学论文、教案，多篇论文在各级研讨会上获奖。参与编写由和平出版社出版的《课程标准新教案》。指导的学生在数学竞赛、信息技术竞赛中多次获奖。

159

《平移和旋转》教学设计

执教者：吉林省长春市西五小学　车　丹
指导教师：丁国君

教材分析：

　　平移和旋转是依据《全日制义务教育数学课程标准（实验稿）》的要求，在小学数学里新增加的教学内容。平移和旋转是物体或图形在空间变化位置的方式，认识平移和旋转对发展空间观念有重要的作用。教材在介绍这两种现象时，注意结合学生的生活经验，使学生初步感知平移和旋转，体会它们的不同特点。教材还通过在方格纸上将图形进行平移，使学生掌握图形的平移。

学生分析：

　　三年级的学生已经拥有了一定的生活经验，在日常生活中能够观察到平移和旋转的现象。另外，他们已经具备了一定的分析问题的能力，能够在小组内进行合作学习，而且表达能力较强，能够准确地表达自己的想法。

教学目标：

　　1．通过生活情景，初步感知平移和旋转现象。

　　2．让学生通过观察、模仿、分类体会平移和旋转的不同特点，并能正确区分和辨认平移与旋转。

　　3．能在方格上把简单的图形沿水平方向或竖直方向平移，并能正确数出平移的格数。

教学重点：学生对平移和旋转能够进行区分和辨认

教学难点：计算平面图形平移的格数

教具准备：教学课件、方格纸

教学过程：

160

一、在观察中认识平移和旋转

　　1．感知平移和旋转

车老师是从好远的城市长春来的，今天我就带你们到长春的游乐园去看看。请同学仔细观察，你在上面看到了哪些你喜欢的游乐项目，用手模仿出它是怎样运动的。（课件演示）

2．抓住特点，进行分类

让学生根据它们不同的运动方式分一分。

请学生说说怎样分类，为什么这样分。

3．揭示课题

像滑滑梯、小火车的直行、直线缆车都是沿着直线移动的，这样的运动叫做平移。（板书：平移）而像摩天轮、旋转木马这些物体都绕着一个点或一个轴运动的，这样的运动叫做旋转。（板书：旋转）

今天我们就一起来学习"平移和旋转"。

二、生活中的平移和旋转

1．区分平移和旋转

老师这里有一些物体和图片，同学们看看它们是怎么运动的。

小讨论：钟摆属于什么运动？

2．结合生活，举出实例

在我们的生活当中有很多平移和旋转的现象，请同学们说一说。

三、创设情境，探求新知

1．平移的作用

生活当中平移的作用是非常大的，同学们听说过"楼房搬家"吗？（课件展示）

2．学习计算平移的格数

你们想知道楼房到底是怎样搬家的吗？下面我们一起来研究研究。

（1）（课件展示：占一个格的小房子）我们要把小房子向上平移五个格，你将怎样去做？在格子纸里试一试，找一名学生说说是怎样平移的。

（2）（课件展示：占九个格的小房子）小房子长大了，也要向上平移五个格子，你将怎样平移？动手试试看，找学生说说是怎样平移的。你用了什么好方法？

（3）房子向上平移了 5 格，那窗户向哪个方向平移了几格？门呢？你们数一数，从结果中你发现了什么？

（4）再请同学把你手中的小房子平移，向上下左右哪个方向都可以？然后说给大家听听，你是怎样把房子搬家的。

161

四、动手实践，拓展思维

1. 欣赏美

在生活中，平移和旋转还能创造出很漂亮的事物，请同学们欣赏。（课件演示）这些美丽的图案都是根据平移和旋转创造出来的。

2. 创造美

今天的课后作业，请同学们用今天所学的知识，创造出一幅美丽的图案。

五、课堂总结

通过今天的学习，你想对同学们、老师说些什么？

同学们学会了平移和旋转，我相信你们一定会用这个数学知识去解决生活中的很多问题，你们能做到吗？

教师简介

车　丹，女，28岁，区级优秀教师、骨干教师。1999年毕业于四平师范学院小学教育专业，同年分配到长春市西五小学工作。2001年取得东北师范大学汉语言文学本科学历，2003年通过东北师范大学信息技术教育研究生课程。从教以来，曾负责学校信息技术教学，计算机操作能力较强，获得市级"网络工程师"证书，掌握并能熟练运用多种计算机软件，制作的课件先后在国家省市区获奖。由于对数学教学的喜爱，2004年担任了低年级数学教学工作。本着"一切为了学生，为了学生的一切，为了一切学生"的指导思想，努力钻研教材，学习各种教育教学理论，能够发挥自身特长，积极钻研信息技术与数学学科整合的教学方式，并参与了学校国家级课题《基于网络环境下教学模式的实证研究》。在教学中，从生活实际出发，积极探索，大胆创新，课堂教学讲求灵活、扎实、有创意，有独特的教学风格，深受学生的欢迎，家长的认可。

《圆柱的认识》教学设计

执教老师：山西省实验小学　张丽霞
指导老师：孟亦浚　郝华杰

教学内容： 人教版九年制义务教材小学数学第十二册第31~32页

教学目标：

1. 使学生认识圆柱的特征，能看懂圆柱的立体图。

2. 通过观察、操作、讨论等活动，培养学生的分析、比较、迁移能力和空间观念。

3. 使学生懂得数学与生活的密切联系。

教学重点： 认识圆柱的特征

教学难点： 圆柱的侧面展开

教具准备： 圆柱立体图、高低不同粗细相同的两个圆柱实物、剪刀、课件、每组一个空心圆柱、直尺

教学过程：

一、引探

1. 出示长方体、正方体、圆锥、圆台、圆柱等实物，让学生辨认形状。

2. 课件出示一些图片，学生找出圆柱。

师：同学们在哪里还见过圆柱？

学生举例

师：可见，生活中圆柱的应用非常广泛。今天我们就走进圆柱的世界来认识圆柱的特征（板书课题：认识圆柱）

二、探究

1. 引导探究

师：我们以前研究过哪些立体图形？在研究长方体特征的时候，是从哪几方面进行研究的？研究中用了哪些方法？

163

2．根据要求小组活动

3．交流总结

在学生交流中指导学生比较完整地概括圆柱的特征，同时板书。

(1) 面

① 底面

师：你们怎么确定圆柱的两底面是相等的呢？

学生说出不同的方法

师：两个底面大小相等、形状相同，我们可以说——（板书：完全相同的圆)

② 侧面

让学生摸侧面，感受光滑、弯曲

(2) 棱

指导学生指出圆柱的棱

师：为什么圆柱没有顶点？

(3) 高

如果学生没谈到高：出示高低不同的两个圆柱，提问：看这两个圆柱有什么不同？说明圆柱有高。（板书：高)

如果学生谈到高

师：圆柱的高有什么特点？（无数条，都相等)

师：（课件演示）连接两底面的圆心就是圆柱的一条高，我们看到圆柱有无数条高，都相等。

师：量出圆柱的高。说一说是怎样测量的。

(4) 侧面展开图

师：说说你们是怎么剪的？发现了什么？

学生演示：侧面沿高剪开展开后是一个长方形。长方形的长是圆柱的底面周长，宽是圆柱的高。

师：课件演示侧面展开图

师：还有不同的展开情况吗？

(5) 归纳圆柱的特征

三、巩固练习(略)

教师简介

　　张丽霞，女，30岁，1997年毕业于太原师专数学系，现任山西省实验小学数学教师。从教九年来，她始终潜心于教育教学领域中，勤于学习、善于探索、勇于实践、敢于创新，关注学生在"数学思考、解决问题、情感与态度"等方面的发展，逐步形成了自己"严谨、细腻、条理清晰"的课堂教学风格。先后荣获太原市教学能手、太原市高水平骨干教师、杏花岭区教学能手等称号。她撰写的论文、教案多篇在各级研讨会上获奖。

综合学科

《空气的性质》教学设计

执教老师：江苏省泰州市城东中心小学　田志勇

指导老师：王友明

教学内容：苏教版第七册（执教年级：三年级）

教学目标：

1．学习用观察、实验、比较、概括等多种方法认识不易感知的空气。

2．能根据压"气垫"的感觉和观察，做出假设，并能设计实验进行验证。

3．用多种方法证明空气的存在。

科学知识：

1．知道空气是气体，具有占据空间、有质量、并能被压缩等性质。

2．知道压缩空气有弹性，了解压缩空气在生产生活中的应用。

情感态度与价值观：

培养细心观察，注重证据及认真思考的科学态度

教学过程设计：

一、导入

1．猜谜：奇妙奇妙真奇妙，看不见来摸不着，无孔不入变化多，动物植物都需要。

2．学生回答。

3．谈话：不错，谜底是空气。那么请同学们想一想：关于空气我们已经知道了什么？你还想知道些什么？

4．学生提问。

5．谈话：今天我们就来解决这些问题。先让我们来研究一下空气是怎样的一种物质。

二、探究空气是否占据空间

1．提问：这是一只气球，你们能把它吹大吗？（出示气球在瓶里的实

验装置）如果我们来吹这个气球，能把它吹大吗？

2．学生假设。

3．推选几位同学来试一试。

4．讨论：气球为什么吹不大？

5．小结：在这一过程中相机给出"空间"这一概念，引导学生用"空间"描述实验现象。由"瓶子里的空间被空气占据着"引出"空气占据空间"这一问题，并对这个问题作出假设。

三、学生利用实验来探明空气是不是占据空间

1．谈话：我们得出的假设是否正确呢？这就要看它是否能经得起实验的检验了。请大家思考一个问题，如果把一团纸塞进玻璃杯的底部，然后将杯子倒立放入水中，杯子不能歪，会发生什么现象呢？如果把杯子倾斜着放，又会产生什么现象呢？

2．同组的同学展开讨论。

3．提出实验前的思考：根据刚才的问题，你认为应该准备哪些材料来做这一实验呢？实验可以分成几步去做？

4．同组的同学根据老师提出的问题展开讨论，开始设计实验。

5．学生做把一团纸塞进玻璃杯底部的实验。

【注意】实验时要注意以下几方面：一要塞紧纸，不能掉下来，二要把杯子垂直往水里按，不能倾斜，往外拿杯子的时候也要垂直。

6．各组汇报实验结果。

7．提问：为什么在第一次实验中纸团没湿？而在第二次实验中纸团却湿了呢？

启发学生发现：第一次把杯子往水中压时，纸团没有湿，是因为杯子里面的空间被空气占据着，空气跑不出来，水就进不去，因此纸团不会湿。第二次把杯子压入水底后，将杯子慢慢倾斜，会看到从杯口冒出气泡，那是空气跑出来了，杯子里空气占据的空间一让出来，水就进入杯子，纸团就变湿了。

8．学生讨论，汇报讨论结果。

教师指导学生用"占据"、"空间"两词来描述实验。学生通过分析纸团湿与不湿的原因，进一步认识空气要占据空间的性质。

9．教师帮助学生归纳概括，最后得出结论。

10．师生共同总结：通过以上研究，我们知道了空气的又一个性

167

质——空气占据空间。在我们周围有很多的空间，都有空气占据着。空气也像其他物体一样要占据空间。（板书课题：空气占据空间。）

四、探究空气是否有质量

1．教师出示两个雪碧瓶（一个装水，一个空的），提问：这两个瓶子里面有什么？哪个重？

2．提问：这个瓶子里有空气，空气有重量吗？

3．学生讨论。

4．教师介绍器材，谈话：你们可以用这些材料设计实验来证明空气有没有重量。

5．学生讨论。

6．学生汇报设计的实验方法。

7．教师提醒学生注意，实验时要尽可能地做到以下几点：

① 两只气球要吹得一样大；

② 一只气球表面贴一小块胶带；

③ 把两只气球分别系在长棍的两端；

④ 在长棍中间系上绳子，调节其位置，并用适量的胶泥配重，使长棍保持平衡；

⑤ 用大头针从贴胶带处刺破气球，观察发生的现象。

8．学生分小组活动，并画下实验装置图和实验情况。

9．学生汇报实验情况。

10．师生小结。

五、探究空气可以被压缩

1．教师出示一个充足了气的塑料口袋，提问：用手压"气垫"有什么感觉？松开手后会发生什么现象？这是怎么回事？注意：动手做的时候不要用力太大，以防袋子破裂。

2．学生分组实验。

3．学生汇报实验情况，解释活动中的感觉与看到的现象。

4．教师指导学生想办法证明自己提出的假设。

5．学生分组实验。

6．学生讨论汇报。

7．学生回答。

8．教师小结：生产和生活中用到空气性质的地方很多，只要我们勤动手、多动脑就一定能发现空气的这种性质，能在更多的场合发挥它的作用。

六、探究压缩空气有弹性和弹力

1．演示教师自制的空气枪，激趣：你想制作一个你自己的空气枪吗？
2．指导学生制作空气枪。
3．学生自选材料制作，玩空气枪。（强调：不要对着人）

教师简介

田志勇，男，1977 年出生，大专学历，中共党员，小学一级教师，现任泰州市城东中心小学电教室副主任。自 1996 年走上教坛以来，一直从事数学和自然学科的教学，在教学中，主张让学生学得主动、轻松，在愉悦的学习氛围中，成为学习的主人。获奖论文数篇，所执教的《保护大自然》《卵石的形成》等数节课在区、市级公开课、观摩课中获奖。2005 年在全市第二届小学科学优质课评比活动中荣获一等奖。2001 年参加省青少年科技骨干教师辅导员培训班学习，2002 年被评为区优秀团员、学陶师陶积极分子，2002 年被评为省优秀青少年科技教育先进个人，2003 年被评为省青少年科技辅导员。十年不懈追求，十载春华秋实，随着国家教育体制改革，将蓄势待发，力创辉煌。

《折形状》 教学设计

执教者：山西省实验小学　李静文
指导老师：刘本仁　李　霞

教学目标：

过程与方法

1. 能够开展实验探究物体形状与承受力大小的关系。
2. 能够解释周围环境中用到不同形状的事例。

科学知识

1. 知道物体的形状不同，承受力的大小也不同。
2. 了解形状在生产、生活中的广泛应用。

情感、态度与价值观

1. 体验到与人合作共同完成任务的乐趣。
2. 意识到科学技术在解决生产生活中的问题时能起到重要作用。

教学重点：

使学生明白改变物体的形状可以提高它的承受力，形状不同，承受力大小也不同。

教学难点：

能够折出不同的形状来感受形状与承受力的关系。

教学准备：

教师准备：生产、生活中应用形状与承受力实例的课件
学生准备：图画纸、固体胶、书等重物

教学过程：

一、设疑激趣

1. 出示一个纸筒。谈话：如果在它的上面放书，猜猜看能放多少本？
2. 学生判断。
3. 教师演示，逐一往上面放书。
4. 提出问题：薄薄的一个纸筒却能够承受这么多书，这可能与什么因素有关呢？

二、学习新课

1. 探究物体形状与承受力的关系

（1）提问：你们认为把纸折成什么样的形状可以提高它的承受力？

（2）学生进行预测，教师根据学生的回答做出相应记录。

（3）教师提出实验要求

（4）学生分组实验

（5）实验情况汇报，教师做出相应的汇总。

（6）思考：从这些不同的形状及它们所承受书的不同数量上能够有什么发现？

（7）小结：同一种材料，改变形状可以提高它的承受力；形状不同，承受力的大小也不同。

2. 认识生活、生产中形状与承受力的事例

（1）提问：你们知道在我们周围什么地方应用到所学的这一道理吗？

（2）学生寻找。

（3）演示课件，引导学生说说其中的好处。

三、拓展延伸

（出示鸡蛋壳，用它做支柱，上下各放纸板）

判断：上面能不能站人？课后亲自试一试，找出答案。

教师简介

李静文，山西省实验小学科学教师，于1996年担任自然学科教学至今，一直致力于自然科学教学的探索与研究。回首从教之路，汗水与足迹并重。在教学改革的浪潮中，认真学习理论文献和专业知识，积极尝试新教学方法，努力探索教学新模式，不断积累经验。十年的磨砺，厚重的红色记载着成长的历程。

2001年被评为杏花岭区教学能手，之后被评为杏花岭区教学标兵，2004年取得"太原市教学能手"的称号，被评为"太原市高水平骨干教师"，太原市"三优"评比中获教学和论文两项一等奖，同时参加山西省"三优"评比，获优质课一等奖，2005年全国科学录像课评比获一等奖，并在全国小学科学年会上做观摩研讨课，论文在全国、省、市均有获奖并有发表，其中《不用种子也能繁殖吗？》获"全国三面向教育成果评比"一等奖。

教学之路任重而道远，期待着多年后，蓦然回首，身后会是一片金色……

The Weather

四川大学附属实验小学　赵　彦

一、教学目标

1．知识目标：能够听说读写有关天气的单词：weather man、sunny、cloudy、rainy、snowy、windy；能够理解并运用句型：What's the weather going to be like in …? It's going to be…

2．能力目标：能够用 I can…和 Put on…来讨论各种天气；能够调查并收集各个城市的天气信息，并根据调查进行天气预报；能小组合作完成在某种天气下的计划。

二、教学重点

天气单词：sunny、cloudy、rainy、snowy、windy；

句型：What's the weather going to be like?

It's going to be…

三、教学难点

能够模仿进行天气预报

四、教学准备

天气课件、图片、中国地图

五、教学步骤

教学步骤	教师活动	学生活动
Ⅰ热身活动	1．师生问好.	1．师生问好.
Ⅱ 创设情景 引入新课	1．电视台招聘天气预报主持人 T：（多媒体呈现电视台的招聘广告，并指着招聘广告上天气预报主持人的图片向学生介绍）Our TV station needs a weather man. Do you want to be a weather man?	1．进入情景 Ss：weather man. Ss：Yes , I do.

教学步骤	教师活动	学生活动
	2．引入新知 T: But how to be a weather man? First, let's learn how to talk about the weather（板书 The weather 并带读几遍） T: Look here, It's sunny. It's so hot. I can go swimming. What can you do? It' s cloudy. What can you do? Tomorrow, it's going to be windy. （板书 It's going to be…）． What's the weather going to be like?（板书） It's going to be rainy. What's the weather going to be like?（板书） It's going to be snowy.	2．引入新知 Ss：weather Ss：It's sunny. I can … It's cloudy. I can … It's going to be windy （在教师引导下全班读，分组读，个人读） It's going to be rainy. It's going to be snowy.
III 巩固操练	1．操练句型 T：What's this?（多媒体呈现一张中国地图，地图上标有各个地方的天气．） T：Yes，it's a map. Which city can you see? T：What's the weather going to be like in Taiyuan? T：What's the weather going to be like in Chengdu? T：What's the weather going to be like in Beijing? 2．指导学生收集天气信息。 T：Now，please take out this paper. Here is a form. Please ask your classmates and fill it. And please use these sentences：What's the weather going to be like in …? 3．指导学生做天气预报 T：Who wants to have a try? T：OK，you did a good job. Now，you are a weather man of our TV station. Here is your pass card.	1．操练句型 Ss：It's a map. Ss： Chengdu， Taiyuan，Hongkong… Ss：引导全班学生回答 It's going to be cloudy and rainy in Taiyuan Ss：It's going to be … in Chengdu. S1：引导单个学生回答 It's going to be … in Beijing. 2．收集天气信息。 Ss：学生分成8个组，每组分别有一个城市的天气信息。每个学生在教室里走动收集齐其它城市的天气信息，并填表格。 3．学生做天气预报 Ss：学生根据收集的天气信息做天气预报。并请全班投票选出一个表现最好的得到聘书。

173

教学步骤	教师活动	学生活动
IV 小组活动	T：指导学生完成分组活	Ss：学生分组写一写，在各种天气下能做什么事及能穿什么衣服。写完后将其贴在黑板上展示。

教师简介

赵彦，女，小学一级教师。2000 年毕业于西南师范大学外语系。2000 年 7 月进入四川大学附属实验小学，担任英语教师至今。2004 年 4 月在第二届全国小学教师信息技术与课程整合能力比赛获二等奖；2002 年获区级优质课竞赛二等奖。在此期间，其所撰论文《在英语教学中培养学生创新精神》获国家二等奖；《在英语教学中培养学生的合作精神》获市级一等奖；《为孩子打开通向广阔空间的窗口》获市级一等奖；《网络打开全新空间》获市级二等奖；《在英语教学中培养学生创新精神》获市级三等奖；《网络环境下的小学英语教学》获市级三等奖。指导学生韩笑西在 2002 年全国小学英语竞赛中获二等奖。获校级优秀课题研究员称号；校级工会积极分子称号。参加了区级小学高级英语教师培训；参加校级优秀教师 TT 队培训；长期指导青年教师的教学工作。

Unit 8 Open Day

(牛津小学英语教材 牛津大学出版社)

执教者：福建省福州实验小学　任　妍

指导教师：徐道棋　程晓霞

课件制作：肖　群

教学目标：

1．掌握句型"There is … There are…"句式。

2．通过图片介绍学校都有什么教室。"library，classroom，music room"在教室里有什么物品"blackboard，bookcases，TV，piano，computer，songbooks"

3．通过活动操练句式。

4．培养学生的口语表达能力。

教学重点难点：

1．学生的语言组织能力。

2．"There be…"句式的运用。

教具准备：课件，卡片

教学过程：

Step1：Warmer - 导入

Sing and do the action "I stop，I look，I listen"

Step2：任务呈现

1．Introduce myself：我来自福州实验小学，想知道我的学校是什么样吗？今天我来带你们去参观一下我的学校，引出新课。

2．出示课件，看学校的图片介绍"This is …　There is…　There are …"

3．跟读课文

Step3：运用任务

1．游戏"猜猜看"

175

2．出示课件，猜猜是同学中谁的家。说说家里都有什么。

小组对话表演。

3．看看老师的家都有什么。

4．带学生看看福州的动物园都有什么，说说看。

Step4：整理，布置任务

同学们认识了我的学校，下节课你们能向我介绍你们的学校都有什么教室吗？看看谁收集的材料最多。

Good -bye

教师简介

(见本书《课堂教学改革的现实呈现——互评是促进英语教学的法宝之一》文后)

《好大的一个家》教学设计

广东省深圳市南山区育才一小　汪　莹

活动目标：

1. 知道我国共有 56 个民族，汉族人数最多。
2. 了解一些主要民族的风俗习惯和文化特点。
3. 感受祖国是一个多民族的统一的大家庭，尊重少数民族的风俗习惯和独特文化。

活动准备：

1. 组织同学课前收集各个少数民族资料，了解少数民族有关知识。
2. 每个人准备一张白纸，彩笔。
3. 影像歌曲《爱我中华》。歌曲《娃哈哈》维吾尔手铃鼓。
4. 各个民族图片（服装），各个民族特色图片（住、行、文字、节日、习俗）等。
5. 课件——中国地图。

设计思路：

根据本课的突出特点，以儿童的生活为基础和源泉，以儿童生活的时间、空间为线索，选取儿童感兴趣的及有发展意义的内容设计主题，了解到中国的少数民族及特色，体验中国是一个多民族、地域广阔的国家，培养爱国情感。

1. 采用活动型的教与学的方式，引导儿童通过自己的活动去获得知识。
2. 在活动过程中，根据学生地域的差别，灵活运用。
3. 教师作为学习活动的支持者和合作者，引导儿童自主的开展活动。
4. 让儿童在交流活动中，能够主动、愉快的合作。

活动过程：

一、歌曲欣赏导入

1. 教师：同学们，我们每个人都有自己的小家庭，班集体也像我们的

大家庭一样，我们还有一个更大的家——中国，先请欣赏歌曲《爱我中华》。（播放影像歌曲）

2．教师：从刚刚你所听到的，你知道我国有多少个民族？（56 个）

二、民族知识交流会（小组合作交流）

1．教师：中国是一个多民族的统一的大家庭。你知道哪些民族？

2．教师：现在我们开展一个民族知识交流会，向你的小组成员介绍一下你所了解的民族，我们可以从衣、食、住、行、语言、文字、节日、习俗等多方面交流一下。

3．交流结束后，个别提问。（向全班同学详细介绍一个你了解的民族）

4．课件展示：教师：你能说出下面这些都是哪些民族？（出示各个民族的图片）从哪些地方看出来的？（引导学生了解民族服饰特色）

5．出示少数民族特色：房屋、文字、节日、习俗等，让学生了解少数民族知识。

6．教师示范舞蹈动作，让学生猜猜是哪一民族舞蹈特色？

7．教师：瞧，我国真是一个多民族的国家。

老师在这里做个小调查，（根据情况，可请在场的老师一同参与）同学们要仔细观察了，是少数民族的老师和同学请举手，是汉族的老师和同学请举手，通过刚刚这个小调查，你发现了什么？（引导学生了解我国汉族人数最多）在我国汉族的人数最多。

8．我国的少数民族分别聚居在祖国的各个地区。（出示课件——民族聚居地）

三、我们的作品

1．通过以上我们对各个民族的了解，发现每个民族都有自己的特点。你最喜欢哪个民族？现在我们把自己最喜欢的民族特征用笔画出来，服装、房子、乐器、习俗……

2．作品展示，简单评价。

3．除了我们刚刚提到的这些民族，中国还有（课件——民族名称）……很多少数民族，每个民族都有自己的风俗习惯和特点，我们要学会尊重少数民族的风俗习惯。

178

四、我们去旅行

中国不仅是一个多民族的国家，而且地域宽广。

教师：请看课件：看看这张中国地图，找出位于我国最东、最南、最西、最北端的四座城市。

1．课件展示：从西部的乌鲁木齐到东边的上海，星期一坐上车，星期三才能到上海，坐火车要两天多呢，为什么要用这么久呢？（引导学生了解祖国地域辽阔）

2．明明住在哈尔滨，放寒假了，他要去海南岛奶奶家玩，他穿着棉衣，带着棉帽就上路了。你说到了海南岛他穿这一身行不行？为什么？（引导学生了解中国南北温差很大）。

五、结束

1．学生总结。教师：通过这节课，你知道了什么？对中国有了哪些新的认识？

2．教师总结。教师：中国有 56 个少数民族，像兄弟姐妹一样生活在中国这个大家庭里，祖国地域辽阔，民族团结，所以我们应该热爱自己的祖国。

3．民族舞会。生活在中国这样一个大家庭，是我们的骄傲。现在我想邀请大家和我一起跳一跳中国的民族舞蹈，维吾尔族舞蹈——播放音乐《娃哈哈》。

4．课件显示（谢谢大家，再见！）

教师简介

汪莹，2003 年 7 月毕业于辽宁锦州师范高等专科学校音乐系。普通话测试通过国家一级乙等。爱好文学、写作、朗诵、主持、舞蹈。是一个极富活力与主动性的人。

曾获奖项：校园舞蹈优秀创编奖；舞蹈作品"草原飞腾"获市一等奖；"冬之韵"诗词朗诵一等奖；语文教学优质课奖；青年教师演讲比赛二等奖；创办低段"快乐课堂"教学方式，已作为原单位示范课保存资料。

2003 年 9 月在深圳南山区南园小学任语文教师；2004 年 9 月至今，在深圳市南山区育才一小担任少先队辅导员。

在教育工作这条战线上，凭借自己勇于创新的理念和对生活的执著热情，在实践中迅速成长。

《好大的一个家》教学设计

执教教师：福建省福州实验小学　黄松娥
指导教师：福建省福州实验小学　夏　青　莫明丹
课件制作：福建省福州实验小学　林　晶　吴瑞平

活动目标：

　　1．了解我国共有 56 个民族，汉族人数最多。

　　2．了解一些主要民族的风俗习惯和文化特点，并尊重少数民族的风俗习惯和独特文化。

　　3．感受祖国是一个多民族的统一大家庭，并为此感到骄傲。

活动准备：

　　1．组织学生调查、收集、整理有关民族风俗习惯和文化特点的材料。

　　2．歌曲《大中国》、《爱我中华》的影音资料、课件等。

活动过程：

一、导入课题

　　播放《大中国》音乐。

　　谈话导入：我们每个人都有自己的小家，我们的班集体也像一个大家，我们还有一个共同的更大的家，这好大的一个家，名字叫——

　　生：中国。

　　今天，我们活动的主题就是《好大的一个家》。

二、了解 56 个民族

　　1．猜谜游戏

　　看民族图片，猜民族。

　　2．抢答比赛

　　中国这个大家里共有多少个民族？是哪些民族？

　　3．小结

　　在中国这个大家庭中居住着 56 个民族，好大的一个家呀！

三、了解部分民族聚居地

出示中国地图，请同学们为民族娃娃找家。

四、了解部分民族特点

1．分组展示民族风情

（1）了解民族节日

（2）欣赏民族风光

（3）介绍民族服饰

（4）展示民族歌舞

2．请少数民族同学介绍本民族知识，学说简单的民族话。

五、欣赏歌曲《爱我中华》

六、拓展（家庭大聚会）

1．分组化装

2．拍全家福

3．民族大联欢

教师简介

黄松娥，女，小学一级教师，1995 年毕业于福建省福州幼儿师范学校，1995 年至今在福建省福州实验小学从事小学语文教学工作。从教以来，爱岗敬业，热爱学生，刻苦钻研业务，多次被评为福州市优秀辅导员、校优秀教师、优秀团员。所执教的《植物妈妈有办法》曾获福州市首届"引导小学生学会学习"教学观摩二等奖；校新秀比武一等奖，撰写的《关爱特殊生念好"五字经"》《北师大版汉语拼音教学》《求新求变灵活教学》等论文入选《福建省教育科学论坛》汇编。

《杨柳青》教学设计

执教教师：江苏省泰州市城东中心小学　张　滢
指导老师：王　蓉

教学内容： 自编教材（执教年级：三年级）

一、教学目标

1．通过这堂课让学生感受江苏乐曲舞蹈的风格特点。

2．学会演唱江苏民歌《杨柳青》。

3．认识"莲湘"，能够创造出不同的方法来击打"莲湘"，并能够为歌曲《杨柳青》伴舞。

二、教学内容

1．学唱《杨柳青》

2．了解一些关于"莲湘"的知识。

三、教学重点

能够按音乐的节奏使用"莲湘"，边唱边表演。

四、教学难点

1．要唱准

$$1 \quad \overset{\frown}{2\ 1} \mid 6\ \overset{\frown}{5\ 3\ 2} \mid \underset{\underline{1}\ \underline{1}}{1}\ 1\ 0 \mid$$

杨柳　　叶子　　青啊绿。

中"叶子"的节奏旋律。

2．《杨柳青》中衬词的演唱。

五、教具准备

莲湘、钢琴、多媒体课件

六、课时

1课时

七、教学过程

（一）组织教学

跟随《杨柳青》的伴奏音乐走进教室。

（二）舞蹈导入

1．师表演一段江苏民间舞《茉莉花》

2．问题：

A、能否猜出老师来自什么地方？

B、你去过江苏、了解江苏吗？

C、你觉得刚才的音乐舞蹈给你一种什么样的感觉，或者是一种什么样的风格？

（三）引出"莲湘"

1．直接出示"莲湘"

2．学生思考能不能用这根棒，用不同的方法使之发出声音。

3．介绍"莲湘"的简单构造和来历。

（介绍来历使用 FLASH）

4．播放《杨柳青》的伴奏让学生跟随音乐表演，用自己的方法。

八、新授歌曲

1．聆听歌曲

2．边读歌词边敲"莲湘"，师范读。

3．模仿学唱

4．使用莲湘边打边唱

九、拓展

1．学着用江苏扬州话唱一唱，跟老师学习。

2．用山西太原话唱一唱，学生教老师。

3．集体表演。

教师简介

张滢，2001 年 8 月参加工作，大专学历。共青团团员，小学二级教师。任城东中心小学音乐组组长，从事音乐教学工作。擅长声乐舞蹈。进入城东中心小学之后，积极工作，利用业余时间学习国家教育方针和课程标准。注意做到学以致用，积极实践新课程标准，在教中研，研中改，努力探索素质教育的新途径，形成了自己的教学风格。五年时间转瞬即过，通过自己不懈的努力，在教学和活动方面取得了一些成绩。2002 年 12 月参与排练的《同一首课》和《七色光》大合唱代表海陵区参加江苏省泰州市市直机关建党八十周年"走向辉煌"大合唱比赛，并荣获一等奖；2003年 3 月主演的音乐剧《温暖的冬天》在"海陵区教师才艺展示"中荣获一等奖，2004 年 9 月编排的大合唱伴舞《走进新时代》在泰州市教师才艺展示中荣获一等奖；2005 年 6 月编排的音乐快板《夸夸新泰州》在海陵区文教系统庆"六一"文艺汇演中获"优秀演出"奖；在第二届"少儿艺术节"中荣获二等奖；在"江苏省首届少儿才艺大赛"中荣获"十佳"第一名。论文、教案设计多次获奖，《音乐教学中培养学生的创造思维》在海陵区中小学音乐美术论文评比活动中荣获三等奖；2003 年 3 月在海陵区中小学音乐美术教师备课笔记评选活动中荣获"优秀教案"奖，《春天举行音乐会》教学案例在泰州市中小学音乐教学案例评选活动中荣获小学组二等奖。2005 年考取舞蹈教师 1-6 级考试资格证；现被海陵区戏剧家协会、音乐舞蹈家协会吸收为会员。

《五彩云南》教学设计

执教教师：山西省实验小学　陈晓娟

指导老师：沈世瑞

教学内容：

1．引导学生参与各种音乐活动，并在活动中学习彝族的基本舞步。

2．学习演唱歌曲《彝家娃娃真幸福》。

教学目标：

1．指导学生用愉快的情绪和轻巧而有弹性的声音演唱《彝家娃娃真幸福》。

2．、通过音乐活动，了解不同民族的音乐、舞蹈，着重感受彝族音乐的特点和风格。

教学重点：

感受和体验不同的彝族音乐；表现"阿里里"以及 x x x 的节奏特点。

设计理念：

本课在《五彩云南》的主题构思下，结合新课标的基本理念，以音乐审美为核心，以音乐为主线，在了解云南的风土人情和少数民族的音乐舞蹈的基础上，着重围绕彝族音乐的特点和风格这两点，引领学生唱彝族歌，跳彝族舞，戴彝族头饰过彝族节日，让学生在音乐实践中充分体验与表现音乐。

教具准备：

课件 头饰 画板 手铃

教学流程：

一、创设情境，导入新课

1．师：同学们，今天老师要带领大家去做一次快乐的音乐旅行，你们准备好了吗？让我们看着漂亮的图片，听着好听的音乐，开始今天的旅行。猜一猜，我们今天要去的是我国的什么地区？

2．在歌曲《情深谊长》的音乐中欣赏图片，感受云南的风土人情。

3．引导学生了解认识傣族的泼水节，彝族的火把节以及瑶族的盘王节。

4．教师揭示课题：独具特色的节日，秀丽的风景，壮观的石林，优美的服饰等等，都为我们描绘了一个五彩云南。

5．师：今天，在我们的音乐旅行中我们着重感受了解生活在云南的众多少数民族中的三个民族。

设计意图：

通过音画结合的形式，帮助学生在极具特点的音乐与图片中，了解云南的风土人情，激发学习兴趣。

二、音乐活动

活动（一）感受傣族的舞蹈

1．引导学生创编动作来模仿孔雀的神态。

2．师生随《金孔雀轻轻跳》的音乐共同表现傣族的孔雀舞。

活动（二）感受瑶族长鼓的节奏

1．聆听《瑶族舞曲》，感受长鼓的节奏。

2．引导学生读或拍击听到的长鼓的节奏。

3．指导学生用 x xx 为乐曲伴奏。

活动（三）感受彝族的音乐

1．聆听《赶圩归来阿里里》，感受歌曲的音乐情绪，以及节奏 xx x，帮助学生了解"阿里里"是彝族人歌唱时表达快乐的一个衬词。

2．指导学生学习彝族舞蹈的基本舞步。

3．再次感受彝族歌曲《赶圩归来阿里里》，师生随音乐节奏"赶圩"，并在"赶圩"的过程中欣赏彝族图片。

4．师生讨论：彝族人的生活是多姿多彩。

5．师：你听，彝家娃娃唱起了幸福的歌。

设计意图：

通过模仿，律动和舞蹈等音乐活动，使学生了解少数民族音乐并喜爱民族音乐。同时，通过"赶圩"帮助学生感受彝族音乐的特点，学习彝族的基本舞步，并创设学习情境。

三、歌曲学习

186

1．歌曲范唱。

2．歌曲中哪个词最能表达他们幸福的心情呢？

3．教师范唱，提示学生观察教师是用什么动作去表现"阿里里"的。

4．引导学生用不同的动作表现"阿里里"。

5．采用接龙的方式读歌词。

6．完整地用好听的声音读歌词。

7．随琴默唱。

8．随琴轻声唱，教师根据学生情况做指导。

9．启发学生用不同的力度来表现歌曲中的"阿里里"。

10．佩戴彝族儿童的头饰和小手铃，并用手铃为歌曲中的"阿里里"伴奏。

11．加入吆喝声为歌曲的"阿里里"伴奏。

设计意图：

首先，通过高位置的朗读，帮助学生感受正确的发声位置，渗透歌唱方法。其次，通过给"阿里里"创编动作以及用不同的力度表现"阿里里"，培养学生用肢体表现音乐韵律的能力和创造力以及把握音乐要素表现音乐的能力，丰富音乐表现力，并在"赶圩"的基础上进一步感受彝族歌曲的特点和风格。最后，富有特色的吆喝声和手铃的碰撞声交织在一起，形成独特的表演和伴奏风格，充分调动了学生的表现欲望。

四、音乐实践与活动小结：

1．教师简单介绍彝族的火把节。

2．随彝族乐曲《阿细跳月》感受火把节。

3．教师向学生简单介绍彝族头饰的制作方法。

4．教师小结：我们今天的音乐旅行就要结束了，让我们在快乐的彝族音乐中说再见吧！

5．随彝族乐曲《快乐的□嗦》走出教室。

设计意图：

在彝族乐曲《阿细跳月》中参与彝族的火把节，让学生在音乐实践中充分感受彝族音乐的风格和特点，巩固所学内容，使课堂气氛达到高潮。

教师简介

陈晓娟，1991 年从山西省文化艺术学校毕业，担任音乐教师至今，1996 年毕业于太原师专艺术系，现教育管理本科在读。

她热爱音乐教学工作，始终走在音乐教学课改的最前沿。坚持以新的教育教学理念以及反思性教学的思想指导自己的日常教学，增强反思意识，经常对自己的教学进行审视、回顾，运用教育理论进行分析，发现问题，及时调控，最终解决问题，从而不断提高反思能力，培养勤于反思的习惯和科学反思的品质，提高自身素质和教学水平。同时，重视以教的反思去影响学的反思，并对学生进行有计划、有系统的指导，培养学生的学习能力，最终学会学习，全面提高音乐素质。

工作十几年来，曾被评为杏花岭区优秀教师、太原市教学能手、太原市高水平骨干教师以及太原市学科带头人。同时，在山西省优质课评比、山西省音乐美术课评选中分别获得一等奖，在全国第四届音乐录像课评比中获三等奖。

《跳圆舞曲的小猫》教学设计

执教者：吉林省长春市西五小学　王　娜
指导教师：丁国君

一、教材：选自校本教材

二、教学媒体：电脑、电子琴、大屏幕、打击乐

三、教学目标：

1．初听全曲，让学生感受音乐中所用的乐器是什么，并简单地认识管弦乐器。

2．复听音乐，让学生说一说音乐是几拍子的，用肢体进行简单的模仿，并从中理解强弱关系。

3．指导学生进一步地感受音乐，并能简单地创编故事，使学生懂得人与动物的关系。

四、教学重点：

1．让学生感受音乐中的强弱关系。

2．根据音乐简单地创编故事。

五、教学难点：

让学生能够根据音乐的节拍进行音乐的肢体表现。

六、教学过程：

1．组织教学，创设情境：学生听音乐拍手走进教室

2．师生互动

3．节奏模仿

教师出示 3/4 拍节奏，学生模仿，为乐曲的欣赏做铺垫。

七、导入新课 《跳圆舞曲的小猫》

教师播放教学课件，出示画面。

1．教师播放音乐，学生欣赏动画片。

教师出示管弦乐器的画面，学生简单认识。

2．复听乐曲，感受音乐的节拍、加入打击乐。

189

教师从乐曲中选择节奏较明显的部分，指导学生进行肢体的配合。

3．复听乐曲，创编故事。

教师指导学生分组进行故事配乐的创编。

八、知识拓展

九、教师小结

教师简介

（见本书《初探小学音乐艺术课的构想》文后）

《快乐小鱼》教学设计

执教者：广东省深圳市育才一小　盛育莉

科目：美术

教材分析：

本课为湘版二年级美术下册《海底世界》一课，教学内容主要是通过用纸制作可以戴在手上的鱼，培养学生动手动脑，进行创作性制作的能力，使学生形成良好的美术学习习惯。

执教年级：二年级

教学课时：1课时

教学目标：

能利用废旧纸，采用剪贴的方法制作手摆鱼，培养学生的动手能力，提高学生的学习兴趣，培养学生对生态环境的热爱和保护环境的意识，同时，使学生养成良好的美术学习习惯。

教学重点：

利用废旧纸制作手摆鱼，并能进行巧妙的装饰。

教学难点：

制作的手摆鱼，形状及装饰都具有创造性。

课业类型：

手工制作课。

作业要求：

用废旧纸剪贴的方法制作手摆鱼。

教具准备：

课件，教具（手摆鱼），彩纸，废旧报纸（挂历纸），剪刀，胶水和双面胶带，彩笔，红花贴图。

学具准备：

彩纸，废旧报纸（挂历纸），剪刀，胶水和双面胶带，彩笔。

教学过程：

小节一：师生问好，做好准备。

小节二：故事导入，自然入题。

小朋友们，盛老师给你们讲一个关于小鱼的故事。

播放课件《小鱼的故事》：

有一条可爱的小鱼，它和它的鱼类朋友们生活在广阔的大海中，过着自由、快乐的日子。可是有一天，一艘巨大的轮船驶入了他们的家园，只见那大网从天而降，小鱼就这样被大船带出了海洋，来到了一个陌生的地方，从此，小小的鱼缸成了他的家。可怜的小鱼，每天在小小的鱼缸里孤独的游来游去，回忆着它和伙伴们在一起时的快乐时光……它是多么思念他的朋友、思念它的家呀！直到有一天，一位好心的小男孩把它买走，并且把它放回大海，小鱼才摆脱了灾难，重新快乐起来。

小节三：探究质疑，通疑达思。

1. 认识各种各样的鱼。

真是一件值得开心的事儿，哇！小鱼有这么多朋友，谁能叫上它们的名字啊？

生：章鱼，墨鱼，鲤鱼……

嗯，不错！看来大家对鱼类的知识了解的真不少！

那么，现在盛老师要奖励一下你们，打算给你们一个惊喜！

2. 出示教具：手摆鱼。

噔噔，噔噔！瞧，盛老师把这条小鱼请到了我们的课堂上，想不想和它交朋友啊？

生：想。

我们一起给小鱼打个招呼吧！（嗨！小鱼你好）

3. 分析手摆鱼的样子，说说它有什么特点？

生：用挂历纸做成的，还用彩纸做了装饰，而且可以戴在手上玩！*游来游去*……

那小朋友们想不想也拥有这样的小鱼啊？

生：想。

4．手摆鱼的制作步骤。

出示课件

先出示手摆鱼的制作步骤（可以由学生当场做小老师）。

（1）取出挂历纸或其它纸，对折（不同大小）；

（2）画鱼的外形（比手大）；

（3）把画好的鱼形剪下来（一边不要剪通）；

（4）粘合、装饰（把套手的一头留开）。

再出示用纸制作的各种各样的鱼（几条）。

小节四：综合制作，欣赏评价。

现在，就让我们赶快行动起来，制作一条可以戴在手上，自由摆动的小鱼吧！

要求：

1．制作的又快又好的同学，可以到老师这里给你的小鱼戴红花。

2．记住，不要乱丢纸屑呀！

小节五：你评我论，轻松律动。

1．说说你的制作想法。

2．收拾纸屑，整理用具。

3．让小鱼，在美丽的海底自由自在地游动起来。

（可以和你的小伙伴对对话，夸夸他的小鱼）

教师简介

（见本书《如何在美术课堂中实施创新教育》文后）

《生活中的花》教学设计

执教者：吉林省长春市西五小学　孔照满　谭　鹏

指导教师：丁国君

设计理念：

　　本课的教学内容是结合新课程标准中"提倡结合学科的特点，引导学生主动参与、亲身实践、独立思考、合作探究，从而实现学生学习方式"而设计的一节校本教材。整节课特别重视学生创新精神的培养，使学生思维的游畅性、灵活性和独特性得到发展。通过探究性学习，引导学生在知识领域中探究与发现。

一、学习目标

　　知识与技能目标：

　　感知、探讨、理解花的自然美、艺术美、内在美。

　　过程与方法目标：

　　培养认识、发表、探究、发现、创造、展示等方法。

　　情感态度与价值观目标：

　　感知、体验"花"的自然美、艺术美，培养观察生活、热爱生活的情感与合作意识。

二、教学重点

　　感知、探讨、理解花的自然美、艺术美、内在美，引发爱花之情和环保意识。

三、教学难点

　　探索运用各种材料、手法表现有创意的"美丽的花"。

四、教学媒体的选择和运用

　　主要采用幻灯片（Power Point）及 Photoshop 对图片处理制作课件。

五、教学内容分析

　　教育教学内容：整体感知、理解、发现花的自然美、艺术美、内在美；通过探索应用身边的材料进行"花"的创作及装饰环境、装饰自我的艺术活动，培养学生热爱生活，培养艺术感知能力和形象思维、想象能力，在活动中培养审美、创新、合作、探索、交流意识，激发美术学习的兴趣，促进个性发展。

六、师生课前准备

1．教师课前准备

①各种花的摄影图片、录像资料；

②各类教具（硬币）；

③花的应用、装饰图片。

2．学生课前准备

①收集花的图片，各种素材；

②收集关于花的故事传说、知识等资料。

3．学生课后活动

七、教学流程

1．认识硬币

发给学生硬币，认识硬币。

我们从硬币的面值，图案，文字和颜色这几方面来进行探究。

2．认识花卉

借助多媒体课件，引导学生认识和了解国花、市花等多种花卉。

3．花的精神

借助多媒体课件和古诗词，引导学生了解各种花所蕴含的人文精神。

4．讲解构图方法

5．花卉装饰

分组进行动手操作，利用各种表现形式（中国画、陶艺、纸工、水彩）进行花卉创作。

6．花饰展示

学生作品展示与评价。

教师简介

（见本书《长春市西五小学美术分层教育教学解析》文后）

195

《把脉》教学设计

设计教师：四川大学附属实验小学　谷　芳

指导教师：李　彤

学生年级 水平三（六年级）

学科课型 体育室内课

设计理念

　　当今时代，人类以更加理性的态度和更富有诗意的情感，来看待每一个生命体的珍贵历程。人们希望生活得更加美好、幸福。在构成幸福生活的诸多因素中，健康无疑成为人们的首选因素，身体是人生最宝贵的财富，有健康的身体，才有幸福生活的物质基础。

　　体育作为人类的一种文化现象，有着十分丰富的内涵，它的使命是非常崇高的：体育的终极目标就是为了让人类生活得更美好、更幸福！第七届全国大学生运动会开幕式上，教育部部长周济同志代表教育部向全国广大青少年提出了"每天锻炼一小时、健康工作五十年、幸福生活一辈子"的口号。"每天锻炼一小时"这是我们每一个追求幸福生活的人应该终身养成的良好习惯，也是健康人生的基本条件。

　　体育运动是我们人类改善身体、促进健康的最有效手段。而学校体育的最终目标是要实现人的健康发展，让其中的每一个人都能根据自身的基础和条件，通过有效的学习和锻炼，成为身体和心理都获得健康发展的人。因而，这就需要我们来帮助孩子们对自己的日常生活"把把脉"，对他们自己的体育锻炼生活"把把脉"，并且了解必要的体育锻炼知识，掌握一定的体育运动技能，促进他们对健康、健身的新理解，引导孩子们从小树立科学、合理的健身观，为自我健康生活的顺利构建、为今后的可持续性发展奠定坚实的基础。

教学目标

　　学习领域：运动参与

　　水平目标：积极参与体育活动

能力目标：根据自身实际，自觉积极并科学地实施课外体育运动计划。

本课目标

1．了解自己身体健康的真实状况，感知体育与健康方面的相关知识与文化，激励学生自发参与体育锻炼的强烈愿望。

2．初步掌握如何选择适宜的方法来进行体育锻炼，提高现代人的运动水平和生命质量。

教学板块

把脉引入：诊断健康

把脉现状：用信息技术帮助进行学生的身体健康状况和锻炼习惯的调查与统计

把脉学习：自主上网学习科学运动的相关信息

把脉行动：华山论"健"

把脉余音：健康寄语

教学环节及流程

一、把脉引入

教学意图：激趣热身、调动学习积极性。

教师活动：简介课题"把脉"——医生诊断病情，并借用这一中医专业术语引出本课的主题"把脉"：诊断自我体育锻炼生活。

学生活动：思考。

二、把脉现状

教学意图：通过学生填写问卷、调查出锻炼习惯与身体健康状况的情况，利用计算机及其网络作为工具，快速、准确、实时地计算并统计出学生个人及全班的锻炼与健康状况。引发学生思考，激发学生参与体育运动的强烈愿望。

1．想一想：通过教师讲运动研究故事《生命在于运动》，让孩子们感悟到生命与运动的重要关系，使孩子们产生关注自身体育锻炼的欲望。

师：如果把小兔子、小鸽子从小关起来喂养而不让他们运动。长大后，将会出现怎样的情况呢？

生：思考。

师讲实验故事：《生命在于运动》……了解了这样的实验，你有什么样的感想？

197

生：思考、回答。

师：“既然大家都已知道了体育锻炼与生命健康的重要关系，就应积极主动地参加户外体育锻炼活动。那么我们的体育参与性又怎么样呢?请大家打开计算机填一填这张问卷表，对自己的体育参与性进行如实的自我评价。”

2．填一填：教师指导学生在计算机上填写体育锻炼情况调查表，由计算机自动统计与分析所有学生的调查表，并给出相应结论，让学生了解自己参与体育锻炼的现状。

教师活动：指导学生填表。

学生活动：（1）在计算机上填写体育锻炼情况调查表。

（2）观看、查阅结论。

（师请生谈感受）

……

3．教师请学生将事先测量的个人身体形态数据：身高、体重等输入计算机，计算机给予相应的评价与建议，让学生掌握自己的身体基础条件，为下一步展开针对性的学习提供依据。

教师活动：指导学生填表。

学生活动：（1）在计算机上输入身高、体重等身体形态数据。

（2）观看、查阅评价与建议。

4．教师将计算机统计出全班的 “参与体育锻炼”与“身体形态分类”状况结果呈现给孩子们，使孩子们获取班集体的整体信息，激发学习科学体育运动知识的参与热情。

三、把脉学习

教学意图：学生根据个人需要，自主或合作上网查阅专题网站资源，有针对性地进行开放、自主的个人或小组学习。了解必要的体育锻炼知识，学会选择适宜的方法来进行体育锻炼。

教师事先制作资源网站——“运动的秘密” （结构图附后）。

为帮助学生迅速、便捷地找到个人所需要的资源，本网站特别设计一个“关键词”的搜索引擎，给学生提供一个上网学习的导航系统。

教师活动：围绕本课教学重点，指导学生利用搜索引擎进行学习，如果学生喜爱的运动项目不在此资源版块中，教师则指导学生通过其它搜索方式进行查找并展开学习。

学生活动：利用教师事先制作的专题网站“运动的秘密”进入怎样进

行运动版块，根据个人需要选择喜爱的运动项目进行开放、自主的个人或小组学习。

四、把脉行动

华山论"健"（健身之道）——猜猜猜游戏

教学意图：帮助学生梳理科学体育锻炼的方法、初步懂得选择适宜的方法来进行体育锻炼，为体育锻炼计划的自行制定奠定基础。

游戏内容：教师事先设计一个问题图板，设置问题 9—12 个，回答一个问题时间 10 秒钟

游戏方式：全班同学按左、右两个方阵组成红、黄两队，各队选出一名"操盘手"依次通过计算机在题板上自由选择运动图标并回答相关问题，其余同学为"支持团"，同时每队还可另设 3—5 名"搜索手"，随时在网上查阅资料，提供给"操盘手"，在规定的时间内，"操盘手"回答出正确答案，由计算机当场统计并呈现得分结果，其队的数据柱状条就会向上攀升。如不能回答，或回答错误，本队同学可帮答、补充。两队依次进行。在一定时间内回答问题正确数多者为胜。

游戏的激励与评价：通过代表两队的数据柱状条的依次攀升，来不断激发学生参与竞猜的热情，在竞争的气氛中，达到教学的高潮。

教师活动：游戏活动的组织与调控。

学生活动：参与、学习、交流、合作。

五、把脉余音

教学意图：健康寄语。

教师活动：倡导孩子们利用所学知识为自己、朋友、家人的体育锻炼"把脉"！

学生活动：思考。

课后作业：

使用网站中的行动准备的资源锻炼计划模板，自行制定一份详细、完善的"体育锻炼计划"，并实施行动、反馈调整、上网交流、共享体验、互相促进。

交流邮箱：gufang72@163.com

交流网址：www.cdfx.edu.com

　　附："运动的秘密"资源网站结构图：

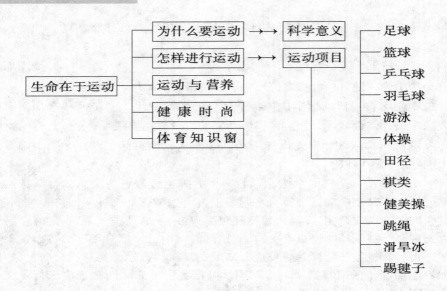

生命在于运动
- 为什么要运动 →→ 科学意义
- 怎样进行运动 →→ 运动项目
- 运动 与 营养
- 健 康 时 尚
- 体 育 知 识 窗

运动项目
- 足球
- 篮球
- 乒乓球
- 羽毛球
- 游泳
- 体操
- 田径
- 棋类
- 健美操
- 跳绳
- 滑旱冰
- 踢毽子

运动的秘密

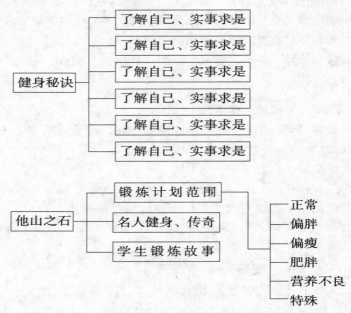

健身秘诀
- 了解自己、实事求是
- 了解自己、实事求是
- 了解自己、实事求是
- 了解自己、实事求是
- 了解自己、实事求是
- 了解自己、实事求是

他山之石
- 锻炼计划范围
- 名人健身、传奇
- 学生锻炼故事

锻炼计划范围
- 正常
- 偏胖
- 偏瘦
- 肥胖
- 营养不良
- 特殊

行动准备 → 锻炼计划模块

《把脉》软件使用环境及介绍

使用环境：

本网站有 ASP 程序，希望安装在 WIN2000SERVER 服务器中设置虚拟域名，方可完整使用，实现本软件中的网络智能交互功能。

软件介绍：

1. 本网站是用 ASP 和 flash mx 等软件编写的开放的动态网站。

2. 采用总分结构设计版面。

使用者通过输入自己的姓名登录到本网站。网站中共有问卷调查数据统计分析系统、身体形态测试系统、根据自身身体形态来选择合适运动项目的智能学习系统、科学健身方法知识的抢答评价系统、资源学习上传系统、科学运动方法、健身知识、他山之石、行动准备等 9 大版块，内容精致简洁，围绕小学体育水平三在 INTER 网上精心选择和编写了运动参与目标相关资料制作而成。便于学生运用网络技术突破时间和空间的限制，快速方便智能地了解必要的体育锻炼知识，掌握一定的体育运动技能，促使他们对健康、健身的新理解，引导孩子们从小树立科学、合理的健身观，为自我健康生活的顺利构建，为今后的可持续发展奠定坚实的基础。

教师简介

谷　芳，女，大学本科，小学高级教师，成都市青年优秀教师，成都市学科带头人后备人选，《中国学校体育》"一线话题"特邀点评员。

从事体育教学与艺术体操训练、形体训练十多年。在市、区级体育赛课、教学设计、新课程综合实践活动中均获一等奖，设计的《远足》一课入选第七届全国小学信息技术与学科整合观摩大会，多次承担全国、省、市、区各级教学观摩展示课；组织训练的校艺术体操队在省比赛中获团体一、二名；积极承担各级教改科研课题，曾获四川省中小学体育教育科研成果二等奖；勤于思考、善于总结，撰写了一些具有一定水平的教育教学论文、课题方案，其中有 20 多篇在《中国学校体育》、《体育教学》、《教育导报》等国家、省、市级刊物发表或获奖。